인간의 대지

이음문고

목차

나의 동료 앙리 기요메,

그대에게 이 책을 바친다.

대지大池는 우리 자신에 대해 그 어떤 책보다 많은 것을 가르쳐준다. 이는 대지가 우리에게 만만치 않은 상대이기 때문이다. 인간은 장애에 맞서면서 자신을 발견한다. 그런데 이렇게 맞서려면 도구가 필요하다. 고무래 또는 쟁기가 있어야 하는 것이다. 농부는 밭을 갈면서 자연으로부터 비밀을 조금씩 캐내는데, 이때 캐낸 진리는 보편적인 진리다. 이와 마찬가지로, 인간은 항로의 도구인 비행기를 통해 온갖 오래된 문제에 휘말린다.

아르헨티나로 첫 비행을 떠났을 때 본 밤 풍경이 지금까지도 눈에 선하다. 평원에 드문드문 흩어진 불빛만 별처럼 반짝이는 어두운 밤이었다.

칠흑 같은 어둠의 바다에서 그 불빛 하나하나는 의식이라는 경이가 존재함을 알려주고 있었다. 불이 밝혀진 저 집에서는 누군가 책을 읽고 생각에 잠기고 은밀한 속내를 털어놓고 있었다. 또 다른 저 집에서는 누군가 우주를 탐색하고 안드로메다 성운을 관측하는 데 몰두해 있었을 것이다. 또 저쪽에서는 어떤 이들이 사랑을 나누고 있었다. 들판 군데군데에서 불빛들이 저마다 먹을 것을 달라며 반짝였다. 시인, 교사, 목수의 불빛처럼 가장 눈에 띄지 않는 빛에 이르기까지. 하지만 이 살아 있는 별들 가운데 얼마나 많은 창문이 닫혀 있었으며, 얼마나 많은 별이 꺼져 있었으며, 얼마나 많은 이들이 잠들어 있었을까….

우리는 서로 다시 만나기 위해 노력해야 한다. 들판에서 드문드문 타오르는 저 불빛과 소통하려고 노력해야만 한다.

제 1 장

항 로

✱

1926년이었다. 나는 라테코에르 회사에 초보 비행
사로 갓 입사한 참이었다. 당시 라테코에르는 아에로
포스탈과 그 뒤를 이은 에어프랑스에 앞서 툴루즈-다
카르* 운항을 담당하고 있었다. 나는 그곳에서 비행
사 일을 배웠다. 동료들처럼 나도 우편 항공기를 조종

* 툴루즈Toulouse는 프랑스 남서부에 위치한 도시. 다카르Dakar는 아프리카 서
쪽 끝 베르데 곶에 위치한 주요 항만 도시이자 세네갈의 수도.

하는 영예를 얻기 위해 초보 비행사들이 밟아야만 하는 힘겨운 수습 과정을 거쳤다. 시험 비행을 했고, 툴루즈와 페르피냥* 사이를 오갔으며, 차디찬 격납고 구석에서 음울하게 기상 조건에 대한 교육을 받았다. 우리는 당시까지만 해도 알려진 게 별로 없었던 스페인 산맥에 대한 두려움, 선배 조종사들에 대한 존경심 속에서 하루하루를 보냈다.

우리는 선배들을 식당에서 마주치곤 했는데, 그럴 때면 선배들은 무뚝뚝하고 쌀쌀맞은 고자세로 간신히 몇 마디 조언을 해주었다. 알리칸테**나 카사블랑카*** 에서 돌아온 선배 하나가 비에 젖은 가죽옷 차림으로 뒤늦게 합석할 때면 우리 중 누군가가 여행이 어땠는지 쭈뼛쭈뼛 물어보았다. 이때 돌아오는 짤막한 대답은 몰아치는 폭풍우와 함께 우리 마음속에 함정과 덫, 별안간 나타난 절벽, 삼나무도 뿌리째 뽑아버릴 듯한

---

*페르피냥Perpignan. 프랑스 남부 스페인 국경에 근접한 도시. 남쪽과 서쪽이 각각 피레네 산맥과 코르비에르 산악 지대Les Corbières로 둘러싸여 있으며, 동쪽으로는 지중해가 펼쳐진다.
**알리칸테Alicante. 스페인 동부 지중해 연안에 위치한 도시로 고원과 구릉지에 둘러싸여 있다.
***카사블랑카Casablanca. 대서양 연안에 위치한 모로코의 주요 항구 도시.

회오리바람의 세계를 펼쳐놓는다. 그곳에서는 검은 용들이 골짜기 입구를 지키고 있었으며, 작렬하는 번개가 왕관마냥 능선을 뒤덮고 있었다. 선배들은 기가 막힌 솜씨로 우리가 존경심을 품게 만들었다. 그러다 가끔 선배 중 하나가 돌아오지 않았고, 이로써 그는 우리에게 영원히 존경받는 인물로 남게 되었다.

이야기를 하다 보니 뷔리 선배가 귀환한 어느 날이 생각난다. 그 선배는 나중에 코르비에르 산악 지대에서 사망했다. 그날 뒤늦게 도착한 고참 조종사 뷔리는 우리 사이에 자리를 잡고 묵묵히 식사를 했다. 여정이 고됐는지 어깨가 처져 있었다. 항로 내내 날씨가 고약했던 날 저녁이었다. 그런 날이면 조종사한테는 산줄기들이 저 옛날 밧줄에서 풀려나 범선 갑판에 이리저리 부딪치는 대포마냥 온통 먼지 속에서 뒹구는 것처럼 느껴지곤 했다. 나는 침만 삼키며 뷔리를 바라보다가 간신히 용기를 내어 비행이 힘들었느냐고 물어보았다. 뷔리는 내 말을 못 듣고 이마를 잔뜩 찡그린 채 접시에 코를 박고 있었다. 흐린 날씨에 덮개 없는 비행기를 조종할 때면 조종사는 시야 확보를 위해 방풍창 너머로 고개를 내밀었는데, 그러고 나면 거센 바람 소리가 한참 동안 귓속에서 윙윙거리곤 했던 것이다. 마침내 뷔리가 고개를 들어 내 말을 알아듣고는 기억을 더듬어보더니 별안간 밝은 웃음을 터뜨렸다. 거의 웃는 일이 없는 선배였기 때문에 여정의 피로를 말끔이 씻어주는 이 짧막한 웃음이 무척 놀라웠다. 뷔리는 자신이 이루어낸 승리에 대해서는 한 마디도 하지 않은 채 다시 고개를 숙이고 묵묵히 먹기 시작했다. 하지만 칙칙한 식당에서 하루의 보잘것없는 피로를 씻어내는 말단 공무원들 속에서 지친 어깨를 한 이 선배는 나에게 묘한 고귀함을 주었다. 무뚝뚝한 모습 뒤로 용을 무찔러낸 천사의 모습이 어렴풋이 보이는 듯했다.

어느 날 저녁, 드디어 소장이 나를 사무실로 불렀다. 그리고 짧막히 말했다.

"내일 출발하게."

나는 가만히 서서 가보라는 말이 떨어지기를 기다렸다. 그런데 잠시 침묵이 흐른 후 소장이 말했다.

"규정은 잘 알고 있겠지?"

당시 엔진은 오늘날처럼 안전장치가 잘 되어 있지 않았다. 그래서 별안간 접시 깨지는 요란한 소리를 내면서 엔진이 멈추는 일이 허다했다. 그러면 조종사는 대피소도 없는 스페인의 암석 지대로 떨어지는 것이다. 우리는 이렇게 말하곤 했다. "여기에서 엔진이 고장 나면 말이야, 별수 없어! 비행기도 끝장나는 거지." 하지만 비행기는 교체하면 그만이다. 무엇보다 무턱대고 바위를 들이받는 일만은 피해야 했다. 그래서 산악 지대의 구름바다 상공을 비행하는 것은 가장 심한 징계를 받는 일로, 금지되어 있었다. 고장 난 비행기를 타고 흰 구름바다로 뛰어들었다가는 산봉우리와 충돌하고 말 테니까.

그날 저녁에 소장이 느릿한 목소리로 다시 한 번 규정을 강조한 것도 바로 이 때문이었다.

"스페인에서 나침반만 들여다보면서 구름바다 위를 비행하는 건 참 근사하지. 정말 멋진 일이란 말이야. 하지만…"

소장은 더욱 느릿하게 말을 이었다.

"…하지만 명심하게나. 구름바다 밑은… 저세상일세."

그러자 구름 위로 솟구쳐 오를 때 펼쳐지는 그토록 단조롭고 고요한 세계가 별안간 낯설게 느껴졌다. 그 부드러움이 함정이 되어버렸다. 바로 여기 나의 발밑에 하얗고 거대한 함정이 펼쳐져 있다고 상상해보았다. 그 아래로는 모두가 생각하듯 사람들의 부산스러운 움직임과 혼잡, 도심을 가로지르는 차량 행렬이 있는 것이 아니라, 구름 위보다 완벽한 고요와 평화가 있었다. 이 하얗고 끈끈한 물질은 나에게 현실과 비현실, 알고 있는 것과 알 수 없는 것 사이의 경계가 되었다. 나는 그때 이미 그 어떤 광경이든 특정한 문화나 문명, 직업을 통해서 보지 않으면 아무런 의미도 없다는 사실을 간파했다. 산골 사람들 역시 구름바다를 익히 알고 있었다. 하지만 거기에서 이 놀라운 장막을 발견해내지는 못했다.

소장 사무실을 나서면서 나는 어린애같이 우쭐했다. 날이 밝자마자 내가 아프리카로 가는 우편물과 승객들을 책임지는 것이다. 하지만 동시에 깊은 겸허함도 느꼈다. 아직 준비가 덜 된 것 같았다. 스페인에는

대피소가 별로 없었다. 심각한 고장이 났을 때 비상착
륙할 곳을 찾아내지 못할까 봐 두려웠다. 그래서 지도
를 열심히 들여다보았지만 정보를 찾아낼 수 없었다.
나는 이렇게 무력함과 자부심이 뒤섞인 심정으로 출
발 전날 저녁을 동료 기요메의 집에서 보내기로 했다.
기요메는 나보다 먼저 그 항로를 비행해보았다. 그 친
구는 스페인의 요지를 정복할 방법을 알고 있었다. 나
는 그 요령을 전수받아야만 했다.

　내가 집에 들어서자 기요메가 미소를 지었다.

　"소식 들었네. 만족스럽나?"

　기요메는 포트와인과 잔을 가지러 찬장으로 갔다가
되돌아왔다. 여전히 미소 띤 얼굴이었다.

　"축하주를 들어야지. 두고 보면 알겠지만, 자넨 잘
해낼 걸세."

　램프에서 퍼지는 불빛처럼 기요메는 자신감을 발산
했다. 그는 훗날 안데스 산맥과 남대서양에서 우편항
공 횡단비행 기록을 세울 친구였다. 그보다 몇 년 전인
그날 밤, 기요메는 램프 아래에서 셔츠 바람으로 팔짱
을 낀 채 더없이 사람 좋은 미소를 지으며 내게 이렇게

말했다. "폭풍우와 안개, 눈 때문에 가끔 성가실 걸세. 그럴 때면 자네보다 먼저 거길 거쳐 간 사람들을 생각해 봐. 그리고 그냥 이렇게 생각하는 거야. 남들이 해낸 일이라면 나도 당연히 할 수 있다고." 하지만 그래도 나는 지도를 펼치며 함께 좀 봐달라고 부탁했다. 그렇게 램프 아래에서 몸을 수그린 채 선배의 어깨에 손을 얹고 있자니 학창 시절로 돌아간 듯 마음이 평온해졌다.

그런데 그때 받은 지리 수업이란 얼마나 이상했던지! 기요메는 스페인에 대해 가르쳐주는 대신 스페인을 나의 친구로 만들어주었다. 수로 망에 대해서도, 인구나 가축에 대해서도 아무런 설명이 없었다. 과디스*에 대해서는 한 마디도 하지 않고, 과디스 근처 어느 벌판 가장자리에 서 있는 오렌지나무 세 그루에 대해 말하는 것이었다. "그 나무들을 조심해. 지도에 표시해둬…" 그러자 지도 위에서 이 오렌지나무 세 그루는 시에라네바다 산맥보다 더 큰 면적을 차지하게 되었다. 기요메는 로르카**에 대

*과디스Guadix. 스페인 남부 안달루시아 지방 그라나다 주의 도시. 과디스 강 좌안에 위치하며 도시 일부가 시에라네바다 산악 지대 북부에 걸쳐 있다.
**로르카Lorca. 스페인 남동부 무르시아 지방에 있는 도시.

해서는 말하지 않고, 로르카 근처의 어느 소박한 농가에 대해 이야기했다. 살아 있는 그 농가에 대해서. 그리고 거기에 사는 농부와 그 아내에 대해서. 그러자 우리로부터 1500킬로미터 떨어진 곳 어딘가에 있는 이 부부는 엄청나게 중요한 존재가 되었다. 그들은 산비탈에 살면서, 등대지기처럼 자기네 별 아래에서 위험에 처한 사람들을 언제고 구해줄 채비를 하고 있었다.

이런 식으로 우리는 세상의 모든 지리학자들이 무시해버린 사소한 것들을 망각 속에서, 상상도 할 수 없는 먼 거리에서 끌어냈다. 지리학자들의 관심을 끄는 건 대도시에 물을 공급하는 에브로 강***이지, 모트릴**** 서쪽 풀숲 아래에 몸을 숨긴 채 흐르면서 서른 포기 될까 말까 한 꽃들에게 생명을 주는 실개울 같은 것은 아니었으니까. "이 개울을 조심해. 착륙장을 엉망으로 만들어놓거든… 이것도 지도에 표시해두게." 아! 모트릴의 뱀 같은 그 개울은 두고두고 기억날 것이다! 시시해

***스페인에서 유량이 가장 많은 강으로. 스페인 북부 칸타브리아 산맥에서 발원하여 피레네 남쪽 기슭을 거쳐 지중해로 흘러든다.
****모트릴Motril. 스페인 남부 안달루시아 지방 그라나다 주의 도시로 지중해 연안에 자리 잡고 있다.

보이는 그 녀석은 졸졸거리는 속삭임으로 기껏해야 개구리 몇 마리나 홀릴 뿐이지만, 쉴 때조차 경계를 늦추는 법이 없었다. 바로 그놈이 여기에서 2000킬로미터 떨어진 축복받은 비상착륙장의 풀숲에 납작 엎드린 채 나를 노리고 있었다. 그리고 기회만 생기면 단숨에 나를 화염으로 만들어버릴 참이었다….

나는 그 언덕 비탈에서 금방이라도 돌격할 태세로 늘어서 있는 전투 양 서른 마리 역시 단단히 각오를 하고 기다렸다. "이 풀밭이 텅 비어 있다고 생각하고 있는데 말이지, 픽! 이 서른 마리 양떼가 바퀴 밑으로 달려드는 거야…" 나는 이토록 교묘한 위협에 경탄하며 미소로 답했다.

이제 램프 아래 놓인 지도 위의 스페인이 서서히 동화 속 나라가 되어갔다. 나는 대피소와 함정마다 십자 표시를 해두었다. 또 그 농가와 서른 마리 양떼, 실개울도 표시해두었다. 지리학자들은 무시했던 양치기 여자의 위치도 정확히 표시해두었다.

기요메와 작별을 고하고 나니 싸늘한 겨울 밤거리

를 걸고 싶어졌다. 나는 젊은 혈기에 외투 깃을 세운 채 행인들 사이로 나아갔다. 마음속에 비밀을 간직한 채 낯선 사람들과 부대끼며 다닌다는 사실이 자랑스러웠다. 저 무지한 이들은 나라는 존재를 모르지만 이제 날이 밝으면 자신들의 근심과 열정을 우편물과 더불어 나에게 맡기겠지. 저들은 바로 내 손에 자신들의 희망을 내맡기는 것이다. 내가 외투로 몸을 감싼 채 그들 사이에서 보호자로서 걸어가고 있건만, 그들은 내가 이렇게 마음을 쓴다는 사실을 전혀 알지 못했다.

그들은 내가 지금 밤으로부터 전해 받는 메시지도 전혀 받지 못하고 있었다. 어쩌면 지금 한창 눈보라가 만들어지는 중이고 그 때문에 나의 첫 비행이 곤란해지지 않을까 싶어 나는 신경이 곤두서 있었던 것이다. 별이 하나둘 사라지고 있었지만 산책하는 사람들이 그 사실을 어찌 눈치챘으랴? 오로지 나만이 그 비밀을 전해 듣고 있었다. 전투가 시작되기 전부터 이미 나는 적의 위치를 통보받고 있는 것이다….

하지만 막중한 임무를 담은 지령을 내가 전달 받은

것은 환히 밝혀진 진열창 앞에서였다. 그곳에는 성탄절 선물들이 반짝이고 있었고, 지상의 온갖 물건들이 전시되어 있는 것 같았다. 나는 그 앞에서 자기희생이라는 오만한 도취감을 맛보았다. 나는 위협받는 전사였다. 그러니 저녁 파티를 위해 마련된 저 반짝이는 크리스털 식기며 전등갓, 책들이 나와 무슨 상관이 있단 말인가. 나는 이미 희뿌연 안개 속에서 조종사로서 야간비행이라는 씁쓸한 과육을 베어 물고 있었으니.

새벽 세 시에 잠에서 깼다. 나는 덧창문을 확 열어젖히고 비에 젖은 도시를 바라본 후 심각한 태도로 옷을 차려입었다.

30분 후 나는 빗물로 번뜩이는 보도 위에 놓인 작은 여행 가방에 걸터앉아서 나를 태워 갈 합승버스를 기다렸다. 앞서간 수많은 동료들 역시 첫 비행 날이면 조금 죄어드는 마음으로 이렇게 기다려야 했다. 이제는 사라져버린 교통수단인 합승버스가 요란한 고철 소리를 내며 길모퉁이에 마침내 모습을 드러냈고, 예전에 동료들이 그랬듯 나도 잠이 덜 깬 세관원과 몇몇 공무원들 사이에 끼어 앉았다. 합승버스에서는 곰팡내, 먼지 가득한 관공서 냄새, 한 인간의 삶을 그 속에 파묻어버리고 마는 오래된 사무실 냄새가 났다. 버스는 500미터마다 멈추어 서서 서기 한 사람과 세관원 한 사람, 뒤이어 비행 감독관을 태웠다. 버스 안에서 잠들어 있던 이들은 새로 올라탄 사람이 자기들 틈에 간신히 끼어 앉으면서 건네는 인사에 투덜대듯 대꾸했고, 새로 탄 사람도 이내 잠이 들었다. 이 합승버스는 포석이 깔린 툴루즈의 울퉁불퉁한 도로를 다니는 서글픈 짐수레와 같았다. 버스 안에서 항로 조종사는 공무원들 틈에 섞여 그들과 딱히 구분되지 않았다… 하지만 가로등이 연이어 지나가고 비행장이 가까워옴에 따라, 이 덜컹거리는 낡은 합승버스는 인간이 변모되어 빠져나올 잿빛 번데기에 불과했다.

오늘과 비슷한 아침나절에, 비행사 동료들은 모두 자신이 아직은 저 감독관의 역정에 꼼짝도 못하는 하급자에 불과하지만 그 모습 속에서 스페인과 아프리카 노선 우편항공기 책임자가 탄생하고 있음을 느꼈다. 이제 세 시간 후면 내리치는 번개 속에서 오스피탈레트*의 용에 맞설 것이며… 네 시간 후에는 그 용을 물리친 후 모든 권한을 장악해서 바다로 선회할지 아니면 곧장 알코이** 산악 지대로 돌진할지 결정할 존재가 탄생하고 있음을 말이다.

이런 식으로 동료들은 오늘 아침 같은 툴루즈의 침침한 하늘 아래서 익명의 무리에 섞인 채, 다섯 시간 후면 프랑스 북부의 눈과 비를 떠나 엔진 회전수를 줄여 알리칸테의 선명한 한여름 햇살 속으로 하강할 군주가 자신 안에서 자라나고 있음을 느꼈다.

그 구식 합승버스는 이제 사라지고 없지만 그 근엄함과 불편함만은 기억 속에 생생하다. 합승버스는 우리 일이 가져다줄 고된 기쁨에 필요한 준비 과정을 잘 상징하고 있었다. 버스 안에서는 모든 일이 놀라우리만치 간결하게 이루어졌다. 나의 첫 비행 날로부터 3년 후 합승버스 안에서 채 열 마디도 안 되는 대화로 동료

* 오스피탈레트L'Hospitalet. 안도라에 인접한 프랑스 남서부의 도시. 피레네 산맥에 위치하며 고도가 약 1440m에 이른다.
** 알코이Alcoy. 스페인의 발렌시아 자치주 알리칸테Alicate 지방의 도시.

조종사 100명 중 하나인 레크리뱅이 안개 긴 낮 또는 밤에 죽어서 영영 은퇴해버렸다는 사실을 알게 된 일이 떠오른다.

때는 마찬가지로 새벽 세 시였고 합승버스 안에는 늘 그렇듯 침묵이 흐르고 있었다. 이때 어둠에 가려 모습은 보이지 않는 소장이 감독관에게 큰 소리로 이렇게 말하는 게 들렸다.

"레크리뱅이 간밤에 카사블랑카에 착륙하지 않았소."

"아!" 감독관이 대꾸했다. "아?"

한창 꿈속을 헤매던 감독관은 잠에서 깨어나려 안간힘을 쓰면서 이렇게 덧붙였다.

"아! 그래요? 결국 통과하지 못했답니까? 그래서 되돌아왔나요?"

버스 안쪽에서 짤막히 "아니요"라는 답이 돌아왔다. 우리는 다른 말이 이어지기를 기다렸으나 아무 말도 들려오지 않았다. 그리고 1초 1초가 흐름에 따라 이 '아니요' 다음에는 아무 말도 이어지지 않으리라는 사실이 분명해졌다. 이 '아니요'는 돌이킬 수 없는 말이며 레크리뱅은 카사블랑카에 착륙하지 않았을 뿐 아니라 앞으로 그 어디에도 착륙하지 못하리라는 사실이 말이다.

　　그날 새벽 이번에는 내가 첫 우편 비행을 앞두고 성스러운 의식을 따르고 있었다. 버스 창문 너머로 가로등 불빛이 반사되어 번뜩이는 머캐덤* 도로를 제대로 바라볼 자신이 없었다. 물웅덩이 위로 바람이 불어 커다란 종려나무 잎사귀 모양의 물결이 일었다. '첫 우편 비행 치고는… 정말이지… 운도 없네'라고 나는 생각하며 고개를 들어 감독관을 쳐다보았다. "날씨가 나쁜 건가요?" 감독관은 지친 시선을 창문으로 던지더니 간신히 이렇게 중얼거렸다. "저렇다고 날씨가 꼭 나쁜 건 아닐세." 나는 어떤 조짐을 근거로 날씨가 나쁠지 아는지 궁금해졌다. 전날 저녁 기요메는 그 미소 한 번으로 선배 조종사들이 하도 말해서 우리가 두려워하던 불길한 징조들을 모조리 지워버렸는데, 그 징조들이 기억 속에 되살아나기 시작했다. "항로 구석구석 돌멩이 하나까지 훤히 꿰지 못한 사람이 눈보라라도 만나면, 거 참 딱한 노릇이지… 아! 그래! 딱한 노릇이고말고…!" 그러면서 선배들은 자기네 위신

　*머캐덤macadam. 자갈을 길에 펴고 굳게 다져 만든 길.

을 지키려고 순진해서 멋모르는 우리들이 안타깝다는 듯 동정 어린 눈길로 우리를 쳐다보며 고개를 주억거리곤 했던 것이다.

그리고 실제로 우리 중 얼마나 많은 이들이 그 버스를 마지막 대피소로 삼았던가? 60명? 80명? 비오는 아침에 매번 그 과묵한 기사가 모는 버스를 타고서 말이다. 나는 주위를 둘러보았다. 어둠 속에서 밝은 점들이 반짝였다. 소박한 사색에 마침표를 찍어주는 담뱃불들이었다. 나이 든 사무원들의 소박한 사색. 이들은 얼마나 많은 우리 동료들의 최후 행렬에 동반자가 되어주었던가?

이따금 나직한 목소리로 주고받는 이야기가 들려왔다. 질병이나 돈, 집안의 걱정거리에 대한 이야기였다. 그 속내들을 들으면서 그들이 스스로를 가두어둔 음울한 감옥을 엿볼 수 있었다. 이때 별안간 운명의 얼굴이 내 앞에 나타났다.

여기 나와 함께 가는 나이 든 관료여, 아무도 그대를 탈출시켜준 적이 없고, 그대에게는 아무런 책임이 없다. 흰개미가 그러하듯 그대는 빛으로 이어지는 모든 출구를 시멘트로 틀어막아 자신의 평화를 구축했다. 그대는 소시민의 안정적인 삶, 반복되는 일상, 숨막히는 소도시 생활 속에 둥그렇게 몸을 만 채, 바람과 물결과 별에 맞서 그 보잘것없는 방어벽을 세웠다. 거창한 문제를 걱정할 생각은 눈곱만치도 없이, 그대가 처한 인간으로서의 조건을 잊는 데만도 급급했던 것이다. 그대는 방랑하는 행성의 주민이 아니며, 대답없는 질문은 스스로에게 절대 던지지 않는다. 그대는 그저 툴루즈의 소시민일 뿐. 기회가 있었을 때 아무도 그대의 어깨를 붙들어주지 않았다. 이제 그대의 존재를 이루는 점토는 말라서 굳어버렸고, 애초에 그대 안에 살아 있었을지 모를 잠든 음악가나 시인, 천문학자를 깨울 수 있는 것은 하나도 남아 있지 않다.

나는 더 이상 비바람을 걱정하지 않는다. 조종사라는 직업의 마법 덕분에, 이제 두 시간도 채 지나지 않아서 내가 검은 용과 푸른 번개 깃털장식을 뒤집어쓴 산줄기에 맞서 싸울 세상이 눈앞에 펼쳐질 것이다. 그리고 밤이 오면 나는 그곳을 벗어나 별들 사이에서 내가 갈 길을 읽어낼 것이다.

이렇게 비행사의 세례식을 치르고 나면 우리는 여행을 시작했다. 여행은 대부분 별문제 없이 이루어졌다. 우리는 잠수부처럼 고요히 우리 영역으로 깊숙이 하강했다. 오늘날 이 영역은 잘 탐색되어 있다. 이제 조종사와 기관사, 무선사는 더 이상 모험을 감행하지 않고 연구실에 틀어박혀 있다. 이들은 펼쳐지는 경치가 아니라 기계바늘의 움직임을 따른다. 저 바깥 칠흑 같은 어둠 속에 산이 잠겨 있지만 그것은 더 이상 산이 아니다. 접근거리를 계산해야 하는 보이지 않는 힘일 뿐이다. 무선사는 램프 아래에서 신중하게 숫자를 기입하고, 기관사는 지도에 점을 찍어 표시하며, 조종사는 산의 방향이 틀어져 있거나 그 왼쪽으로 돌아가려던 산봉우리들이 군사작전을 펼치듯 은밀하고 조용히 정면에 솟구칠 때면 항로를 수정한다.

또 지상에서 근무하는 무선사들은 동료가 불러주는 말을 즉시 노트에 받아 적는다. "0시 40분. 항로 230도. 기내 이상 무."

오늘날 승무원들은 이런 식으로 비행한다. 그들은 자신이 이동하고 있음을 전혀 느끼지 못한다. 한밤중 바다에서처럼 그들은 모든 지표로부터 아주 멀리 떨어져 있다. 그래도 불이 밝혀진 조종실을 가득 채운 엔진의 떨림은 시시각각 변한다. 그래도 시간은 계속 흐른다. 그래도 이 눈금판들, 무선수신기 불빛들, 바늘들에서는 보이지 않는 온갖 연금술이 진행된다. 은밀한 손놀림, 나직한 말소리, 긴장을 통해 시시각각 기적이 준비된다. 그리고 때가 되면 조종사는 확신에 차서 유리창에 이마를 갖다댄다. 무無에서 황금이 탄생한다. 비행장에서 비추는 불빛에서 금이 번뜩이는 것이다.

그럼에도 불구하고 우리 모두는 비행장으로부터 두 시간 떨어진 거리에서 특별한 각도로 비쳐 오는 불빛을 바라보면서, 문득 저 먼 인도제국에서도 느끼지 못했을 그런 거리감을 느끼며 귀환하리라는 희망을 저버린 그런 비행을 한 적이 있다.

메르모즈가 수상비행기를 몰고 처음으로 남대서양

을 횡단해 해질녘 포 오 누아* 지대에 이르렀을 때가 바로 그러했다. 정면에서 토네이도의 꼬리들이 마치 벽이 세워지듯 시시각각 조여들더니, 이내 그 위로 밤이 내려 토네이도의 꼬리들을 감추어버렸다. 그로부터 한 시간 후, 메르모즈는 구름 아래로 이리저리 교묘히 비행한 끝에 환상의 왕국으로 들어섰다.

그곳에는 회오리 물기둥이 신전의 검은 열주마냥 첩첩이 솟아 있었다. 끝이 불룩하게 부푼 그 물기둥들은 폭풍우 속에서 컴컴하고 낮게 깔린 구름 천장을 떠받치고 있었다. 이 천장의 갈라진 틈으로 빛줄기가 내리비추었고, 열주 사이사이 차가운 바닷물 포석 위로 보름달이 환히 빛났다. 메르모즈는 바닷물이 치솟으며 요란하게 으르렁거리는 그 거대한 열주들을 달빛의 흐름에 따라 이리저리 선회하면서, 신전의 출구를 향해 이 인적 없는 폐허를 네 시간 동안 나아갔다. 그 광경이 어찌나 압도적이었던지, 메르모즈는 포 오 누아를 벗어나서야 자신이 두려움을 느낄 겨를조차 없

---

* 포 오 누아Pot-au-Noir. 적도 부근의 열대수렴대 주변 지역을 일컫는 프랑스어 별칭으로, 선원과 조종사에게는 위험 지대로 여겨지는 곳이다.

었음을 깨달았다.

나 역시 현실 세계의 경계를 넘어선 경험을 한 적이 있다. 사하라 사막의 비행장에서 보내온 무선방위 수치가 그날 밤 내내 어긋나는 바람에 무선기사 네리와 나는 항로를 완전히 잘못 들고 말았다. 갈라진 안개 틈새로 물이 번뜩이는 것을 보고서야 육지를 향해 급히 비행기를 돌렸는데, 얼마나 오랫동안 난바다를 향해 가고 있었는지 알 길이 없었다.

이제는 해안에 도달할 수 있을지도 확신할 수 없었다. 휘발유가 바닥날지 몰랐기 때문이다. 더구나 일단 해안에 이른다 해도 그곳에서 다시 비행장을 찾아내야 했는데, 때는 이미 달이 질 무렵이었다. 방향각 정보가 없어서 귀머거리 신세였던 우리는 이제 눈까지 점점 멀어갔다. 소복이 쌓인 눈밭을 닮은 안개 속에서 달빛이 끝내 희미한 불씨처럼 사그라져버렸다. 위쪽으로는 하늘마저 구름으로 뒤덮여버려 구름과 안개 사이, 빛과 물질이 모조리 사라져버린 세계 속으로 나아가는 꼴이었다.

우리에게 응답해주던 비행장들은 "방위 측정 불

가… 방위 측정 불가…"라고 전하며 우리에 대한 정보를 더 주지 못했다. 우리의 목소리가 그들에게는 사방에서 들려왔기 때문에 사실은 아무데서도 들리지 않는 것과 같았다.

낙심하고 있던 순간 별안간 왼쪽 수평선 위로 밝은 점 하나가 나타났다. 나는 강렬한 기쁨을 느꼈고, 나를 향해 몸을 기울인 네리도 노래를 흥얼거리고 있었다! 그 불빛은 비행장의 관제등임에 틀림없었다. 밤이면 사하라 사막은 온전한 어둠에 싸여 광활히 죽은 영토가 되어버리기 때문이다. 하지만 그 불빛은 잠깐 깜빡이더니 이내 꺼져버렸다. 우리가 진로를 바꾸어 향해 가던 그 불빛은 안개층과 구름 사이 지평선으로 지면서 단 몇 분 동안 모습을 드러냈던 별 하나였던 것이다.

이때 다른 불빛들이 떠오르는 것이 보였고, 우리는 막연한 희망에 차서 그 빛 하나하나를 향해 차례로 기수를 돌렸다. 불빛이 오래 반짝인다 싶으면 우리는 생사를 건 모험을 감행했다. 네리는 시스네로스* 비행

---

* 시스네로스Cisneros. 오늘날 다클라라고 불리는 이 도시는 서사하라에 위치하며 모로코의 실효 지배하에 있다. 스페인 통치기 이름은 빌라 시스네로스Villa Cisneros였다.

장에 "불빛 포착, 관제등을 세 차례 껐다 켜시오"라고 지시했다. 시스네로스 비행장이었다면 관제등을 껐다가 켰다 했겠지만, 우리가 지켜보던 불빛, 이 변할 줄 모르는 별은 깜빡이지 않았다.

휘발유가 바닥나고 있었지만 우리는 매번 황금빛 미끼를 물었다. 그것은 진짜 관제등 불빛이자 비행장, 생명 같았다. 하지만 우리는 곧 별을 바꾸어야만 했다.

우리는 우주 한복판에서 도무지 가닿을 수 없는 100개의 행성들 가운데 길을 잃고 떠도는 듯했다. 하나뿐인 진정한 우리의 행성, 익숙한 풍경과 친구들의 집, 애틋함을 품고 있는 그 유일한 행성을 찾아 헤매는 것 같았다.

그 유일한 행성에는 무엇이 있을까… 이에 대해 내게 떠오른 영상을 떠올려본다. 이 영상은 유치해 보일지도 모른다. 하지만 극한의 위험 속에서도 인간의 사소한 근심거리는 있는 법이다. 나는 목이 말랐고 배가 고팠다. 만일 시스네로스를 찾아낸다면, 먼저 휘발유를 가득 채우고 비행을 계속해서 꼭두새벽의 신선한 바람을 맞으며 카사블랑카에 착륙하리라. 그러면 임무는 끝이다! 네리와 나는 시내로 가서 이른 아침부터 문을 연 카페를 찾아 들어가리라… 우리는 아무런 근심 없이 자리를 잡고 앉아서 따끈한 크루아상과 밀크커피를 앞에 두고 간밤의 일을 웃으며 이야기할 것이다. 네리와 나는 삶이 선사하는 이 이른 아침의 선물을 받으리라. 나이 든 시골 아낙은 색칠된 이미지나 소박하게 조각된 메달, 묵주를 통해서만 신을 접할 수 있는 법이다. 우리가 신을 접하기 위해서는 단순한 언어가 필요한 것이다. 내게 사는 기쁨은 이 향긋하고 따끈한 음료의 첫 모금, 우유와 커피와 밀 속에 응축되어 있었다. 이를 통해 인간은 평온한 목장과 이국적인 농장, 거기에서 나오는 수확물과 한 몸이 되고 이로써 온 대지와 한 몸이 된다. 이 많은 별들 가운데 단 하나만이 이른 아침의 이 향긋한 커피를 우리에게 가져다줄 수 있었다.

하지만 우리가 탄 비행기와 사람이 사는 육지는 뛰어넘을 수 없을 정도로 거리가 벌어지고 있었다. 세상의 모든 풍요로움이 별자리 사이에서 길을 잃고 헤매는 먼지 한 톨에 자리 잡고 있었다. 그리고 그 먼지

한 톨을 알아보려 애쓰는 점성가 네리는 계속해서 별들에게 간절히 애원했다.

갑자기 네리가 내 어깨를 툭 쳤다. 그가 들이미는 종이에 다음과 같이 적혀 있었다. "이상 무, 수신 메시지 훌륭함…" 나는 가슴을 두근거리며 우리를 구해줄 대여섯 단어를 네리가 마저 다 옮겨 적기를 기다렸다. 그리고 마침내 하늘이 보내준 그 선물을 받았다.

그것은 전날 밤 우리가 출발한 카사블랑카에서 보내온 메시지였다. 전송이 지연되다가 2000킬로미터나 떨어진 바다 위 구름과 안개 사이에서 길을 잃고 헤매는 우리에게 느닷없이 도달한 것이다. 그 메시지는 카사블랑카 공항 국가 대표부가 보내온 것으로 이런 내용이었다. "생텍쥐페리 씨, 귀하는 카사블랑카 이륙 시 격납고에 지나치게 근접 선회했습니다. 저로서는 어쩔 수 없이 파리 측에 귀하에 대한 처벌을 요청할 수밖에 없습니다." 내가 격납고에 지나치게 근접하여 선회한 건 사실이었다. 또 이 사람이 자기 직무를 수행하느라 화를 내는 것도 당연했다. 공항 사무실에서였다면 이런 비난을 겸허히 들었으리라. 하지만 지금 이 비난은 자기가 올 자리가 아닌 엉뚱한 곳으로 날아왔다. 이것은 이 별들과 안개층, 바다의 위협적인 이 맛과 너무도 동떨어져 있었다. 우리 자신과 우편물, 비행기의 운명이 우리 손에 달려 있었고, 우리로서는 살아남기 위해 조종하는 일만으로도 벅찼다. 그런데 이 남자는 우리를 향해 사소한 원망을 쏟아내고 있는 것이다. 하지만 네리와 나는 짜증이 아닌 환희를 느꼈다. 여기에서는 우리가 우두머리였는데, 이 사실을 저 사람 덕분에 깨달은 것이다. 그러니까 그 하사는 우리 소매를 보고도 우리가 대위로 진급한 사실을 몰랐단 말인가? 이자는 우리 꿈속으로 들어와 훼방을 놓고 있었다. 우리가 큰곰자리에서 사수자리를 향해 심각하게 성큼성큼 걸어가는 이 시점에, 우리 수준에 걸맞은 유일한 골칫거리는 달의 배반인 이 시점에 말이다….

이자가 나타난 행성에서 즉시 수행해야 할 유일한 임무는, 우리가 별들 사이를 측정을 하는 데 도움이 되는 정확한 수치를 전해주는 것이었다. 그런데 그 수

치들은 정확하지 않았다. 그 외의 일에 대해서라면 그 행성은 잠시 입을 다물고 있어야 했다. 네리가 나에게 적어 보였다. "저자들 멍청한 소리나 지껄일 게 아니라 우리를 어디로든 데려다주면 좋을 텐데…" 네리에게 있어 '저자들'이란 지구상의 모든 민족, 그들의 의회와 상원, 그들의 해군과 육군, 황제들을 싸잡아 일컫는 말이었다. 우리와 해결할 문제가 있다고 주장하는 이 엉뚱한 사람이 보낸 메시지를 다시 읽으면서 우리는 기수를 수성 쪽으로 돌렸다.

참으로 기이한 우연 덕분에 목숨을 건졌다. 나는 시스네로스에 착륙할 수 있으리라는 희망을 버리고, 기수를 수직으로 꺾어 해안선 쪽으로 비행하면서 연료가 다 떨어질 때까지 이 진로를 유지하기로 결정했다. 이렇게 함으로써 바다로 추락하지 않을 일말의 가능성을 남겨두려던 것이다. 불행히도 가짜 관제등 불빛들의 꼬임에 넘어가 도무지 알 수 없는 곳에 와 있었다. 게다가 최선의 경우라 해도 한밤중에 짙은 안개 속으로 뛰어들 수밖에 없을 것이 뻔했기에, 큰 사고

없이 육지에 가닿을 희망은 거의 없었다. 하지만 선택의 여지가 없었다.

상황이 너무도 분명했기에, 한 시간 전이었으면 우리를 곤경에서 구해주었을 메시지, 그러니까 "시스네로스가 드디어 우리 위치를 측정해주기로 했음. 시스네로스 측정 결과 216도 추정…"이라고 적힌 쪽지를 네리가 내게 슬쩍 전했을 때, 나는 그저 서글프게 어깨를 으쓱해 보였다. 시스네로스는 이제 더 이상 암흑 속에 파묻혀 있지 않았다. 시스네로스는 우리의 왼쪽으로 또렷이 모습을 드러내고 있었다. 그렇다, 하지만 얼마나 멀리 떨어져 있다는 말인가? 네리와 나는 짧게 대화를 나누었다. 너무 늦었다. 우리의 의견은 일치했다. 시스네로스를 향해 가면 해안까지 도달하지 못할 위험이 더욱 커진다. 그래서 네리가 응답했다. "휘발유가 한 시간 분량 남은 관계로 93도로 진로 유지하겠음."

그러는 사이에 비행장이 하나둘 깨어나기 시작했다. 우리의 대화 사이사이로 아가디르*, 카사블랑카, 다카

* 아가디르Agadir. 모로코 남서부 대서양 연안에 위치한 도시.

르로부터 오는 목소리가 끼어들었다. 각 도시의 무선 기지가 우리가 처한 상황을 알리는 경계 메시지를 인근 공항에 보내둔 것이다. 또 공항 책임자들은 우리 동료들에게 이 소식을 알렸다. 그러자 동료들이 환자의 침대 곁으로 모여들듯 차츰 우리 주위로 모여들었다. 부질없는 온정이었지만 그래도 온정은 온정이었다. 헛된 충고였지만 그래도 얼마나 따스한 충고였는지!

그런 가운데 불쑥 툴루즈가 나타났다. 저 멀리 4000킬로미터 거리에 파묻혀 있던 항공사 본부 툴루즈가 말이다. 툴루즈는 단숨에 우리 가운데 자리를 잡더니 다짜고짜 이렇게 말했다. "조종하는 비행기가 F… (기종 번호는 기억나지 않는다) 아닙니까." "맞습니다." "그러면 아직 두 시간 운항할 연료가 있습니다. 그 기기 연료 탱크는 표준형이 아닙니다. 시스네로스로 운항하십시오."

이렇게 직업이 요구하는 일들을 하다 보면 세상이 변형되고 풍부해진다. 정기 항로 조종사는 굳이 이런 밤을 겪지 않아도 예전부터 익히 보아온 광경에서 새로운 의미를 발견하게 마련이다. 승객에게는 지루하기만 한 단조로운 풍경이 승무원들에게는 전혀 다른 풍경이 된다. 지평선을 가로막는 떼구름이 승무원들에게는 단순한 배경이 아니라 근육을 바짝 긴장케 하고 문제를 일으킬 존재다. 승무원들은 이미 이 사실을 파악하고 있기에, 구름을 가늠해보고 구름과 진정한 언어로 결속된다. 아직은 먼 곳에 봉우리 하나가 있다. 이 산봉우리는 어떤 모습을 보일까? 밝은 달빛 아래에서는 유용한 지표가 될 것이다. 하지만 조종사가 시야를 확보하지 못한 상태에서 바람 때문에 항로에서 벗어난 기체를 되돌리기 어렵고 자기 위치를 의심할 때면, 이 봉우리는 폭탄이 되어 밤새도록 조종사를 위협할 것이다. 물결에 휩쓸려 떠다니는 수중기뢰* 하나가 바다 전체를 엉망으로 만들어놓듯이.

바다도 마찬가지로 다양한 모습을 보인다. 평범한 승객에게 폭풍은 눈에 띄지 않는다. 그토록 높은 곳에서 관찰할 때면, 파도는 잔잔하고 물보라도 일지

---

*적의 함선을 파괴하기 위하여 물속이나 물 위에 설치한 폭탄.

않는 것처럼 보인다. 마치 살얼음이 낀 듯 하얀 잎맥과 얼룩이 또렷한 널따란 종려나무 잎사귀만 펼쳐져 있을 뿐이다. 하지만 승무원들은 그곳에 절대로 비행기를 댈 수 없다고 판단한다. 그들에게 이 종려나무 잎사귀들은 독을 품은 커다란 꽃들과 같으니까.

비행이 순조롭게 진행될 때에도 조종사는 단순히 풍광을 감상하는 것이 아니다. 대지와 하늘의 빛깔, 바다 위 바람의 흔적, 황혼 무렵 금빛 구름을 보면서 그는 감탄하는 것이 아니라 깊이 생각에 잠긴다. 자기 농지를 한 바퀴 둘러보며 무수한 징후를 통해 봄이 오고 있음을, 냉해의 위협을, 비가 올 것을 예감하는 농부와 마찬가지로 조종사 역시 눈이 올 징후, 안개의 징후, 평화로운 밤의 징후를 판독해낸다. 처음에는 기계가 조종사를 자연이 일으키는 심각한 문제들로부터 멀리 떼어놓을 것처럼 보였지만, 사실은 조종사를 이런 문제들에 더욱 얽어맨다. 폭풍이 몰아치는 하늘이 마련해둔 광활한 법정 한복판에 홀로 선 조종사는 자신의 우편물을 걸고서 산과 바다와 폭풍우라는 세 원초적 신에 맞선다.

제2장

동료들

*

1

메르모즈를 비롯한 동료 몇몇이 그동안 정복되지 않은 사하라 사막을 횡단하는 카사블랑카–다카르 프랑스 항로를 구축했다. 그 당시 엔진은 내구성이 떨어졌고, 그래서 한번은 메르모즈가 엔진 고장으로 추락하는 바람에 무어인들에게 붙들리기도 했다. 그들은 메르모즈를 차마 죽이지 못하고 2주 동안 포로로 잡아두었다가 팔아넘겼다. 그런 일을 겪고도 메르모즈는 같은 상공으로 다시 우편 비행에 나섰다.

항상 전위대 역할을 맡던 메르모즈는 미국 항로가 개설되었을 때 부에노스아이레스와 산티에고를 잇는 항로 구간을 검토하고 사하라 사막에 이어 안데스 산맥 상공을 지나는 항로를 구축하는 임무를 맡았다. 그가 몰 비행기는 최고 상승 한도가 5200미터였는데, 안데스 산맥 능선의 고도는 7000미터다. 그래도 메르모즈는 비행에 나서서 산맥 사이의 협로를 찾아냈다. 그는 사막에 이어 산에 맞서 싸운 것이다. 메르모즈는 바람이 몰아치면 눈 목도리를 둘둘 풀어내는 봉우리들과 눈보라 직전 세상 모든 것이 희미해지는 현상에 맞서야 했고, 암벽 사이에서 혹독한 난기류와 칼싸움을 벌여야 했다. 메르모즈는 적에 대해서도, 그런 난관에서 살아 나올 수 있을지도 전혀 모른 채 그 전투에 뛰어들었다. 메르모즈는 다른 이들을 위해 '시도'해본 것이다.

그러던 어느 날, 그토록 여러 차례 '시도'하던 끝에 메르모즈는 그만 안데스 산맥에 붙들리고 말았다.

고도 4000미터, 깎아지른 절벽으로 둘러싸인 고원에 불시착한 메르모즈와 기관사는 이틀 동안 탈출을 시도했다. 하지만 그들은 꼼짝없이 갇힌 신세였다. 그래서 두 사람은 최후 수단으로 과감히 허공을 향해 비행기를 몰았고, 비행기는 울퉁불퉁한 땅에 부딪쳐 낭떠러지까지 튕겨 올라갔다가 곤두박질치기 시작했다. 추락하면서 붙은 가속도 덕분에 비행기가 뜨고 조종이 가능해졌다. 메르모즈는 능선을 코앞에 두고 기체를 바로잡을 수 있었고, 비행기는 능선을 스쳐지나갔다. 간밤에 얼어붙어, 비행한 지 7분 만에 터져버린 배관 선에서 온통 물이 뿜어져 나오는데, 그는 약속된 풍요의 땅처럼 펼쳐지는 칠레의 평원 위로 비행했다.

그리고 다음 날, 메르모즈는 다시 비행을 시작했다.

안데스 산맥을 샅샅이 탐색하고 횡단 기술을 제대로 정착시킨 후, 메르모즈는 그 구간을 동료 기요메에게 맡기고 밤을 탐색하러 나섰다.

당시 우리 비행장에는 조명이 설치되어 있지 않았기 때문에, 밤이면 착륙장에는 휘발유로 피운 희미한 불빛 세 개만 밝혀져 있었다.

하지만 그는 그러한 어려움을 극복하고 항로를 개척했다.

메르모즈는 밤을 길들이고 나자 대양 길들이기에 나섰다. 그리하여 그는 1931년에 사상 최초로 툴루즈에서 부에노스아이레스까지 나흘 만에 우편물을 운송하는 데 성공했다. 귀환 길에 풍랑이 심한 남대서양 상공에서 휘발유가 바닥나버렸고, 메르모즈와 우편물, 승무원들은 한 선박에 의해 구조되었다.

메르모즈는 이렇게 사막과 산, 밤과 바다를 개척했다. 또 사막과 산맥, 밤과 바다에 불시착한 적이 한두 번이 아니지만, 그는 되돌아왔다가 이내 다시 떠나곤 했다.

열두 해 동안 그렇게 비행한 후, 다시 한 번 남대서양 상공을 비행하던 메르모즈는 후미 우측 엔진을 끈다는 짤막한 메시지를 보내왔다. 그런 후 침묵이 흘렀다.

처음에 이 소식은 그리 걱정스럽지 않았다. 하지만 침묵이 10분 동안 계속되자 파리에서 부에노스아이레스에 이르기까지 모든 무선기지가 불안해하며 철야근무에 돌입했다. 일상의 삶에서 10분쯤 늦는 일은 큰 의미가 없지만, 우편 항공 비행에서는 중대한 의미를 띤다. 이 죽어버린 시간 한복판에 우리가 아직 알지 못하는 어떤 사건이 갇혀 있다. 사소한 사건이든 심각한 사건이든 일은 이미 벌어졌다. 운명의 여신은 판결을 선포했고 이 판결은 돌이킬 수 없다. 승무원 들은 억센 손길에 이끌려 별탈 없이 물 위에 안착했거나 박살나버린 것이다. 하지만 기다리는 사람들에게 이 판결은 아직 통보되지 않았다.

점점 약해지는 희망, 치명적인 질병처럼 시시각각 악화되는 이러한 침묵을 우리 중 누가 경험하지 않았을까? 우리는 희망을 갖고 있지만 시간은 계속 흘러간다. 그러면 동료들이 이제 다시는 돌아오지 못하리라는 사실을, 그들이 그토록 열심히 다져온 남대서양 하늘 길 아래 바닷속에서 안식을 취하고 있다는 사실을 받아들여야만 했다. 수확한 곡식 다발을 잘 묶어놓은 후 자신의 들판에 드러눕는 농부처럼, 메르모즈는 자신이 이루어놓은 일 뒤로 몸을 숨기고 만 것이다.

한 동료가 이런 식으로 세상을 뜨면 그 죽음이 직업상 어쩔 수 없는 것처럼 보이고 그래서 다른 종류의 죽음을 대할 때보다 우리가 받는 상처가 처음에는 덜할지 모른다. 그 동료는 죽음이라는 최후의 기항지로 옮겨 갔고 이제 우리에게서 멀리 떨어져 있는 것이 확실하지만, 우리는 빵을 구하듯 간절히 그의 존재를 그리워하지는 않는다.

사실 우리는 누군가를 오랫동안 기다렸다가 다시 만나는 데 익숙하다. 비행사 동료들은 서로 이야기를 나누는 일이 거의 없는 보초병처럼 파리에서 칠레의 산티아고에 이르기까지 세상 곳곳에 흩어져 있기 때문이다. 흩어져 있는 직업적 대가족이 어딘가에서 모이려면 여정이 맞아떨어져야만 한다. 그러면 우리는 카사블랑카나 다카르, 부에노스아이레스에서 저녁 식탁에 둘러앉아서 몇 년 동안 끊겼던 대화를 계속하며 옛 기억을 이어가곤 한다. 그런 후 우리는 다시 떠난다. 대지는 이런 식으로 황량한 동시에 풍요롭다. 감추어져 있으며 가닿기 힘들지만, 직업 덕분에 언젠가 되돌아가게 되는 그 은밀한 정원들로 인해 대지는 풍요롭다. 삶이 우리를 동료들에게서 떼어놓고 동료들 생각을 자주 못하게 할지는 모르지만, 그들은 우리가 잘 모르는 어딘가에서 너무도 충실하게 존재하고 있다! 그러다 우연히 만나게 되면, 그들은 환희에 차서 우리의 어깨를 붙들고 흔드는 것이다! 그러니 당연히, 우리는 기다리는 데 익숙하다….

하지만 우리는 서서히 저 동료의 밝은 웃음을 다시는 보지 못하리라는 사실을, 저 정원은 이제 우리에게 영원히 금지되어버렸다는 사실을 깨닫는다. 그제야 진정한 애도가 시작된다. 가슴을 찢는 애도가 아닌 다소 쏩쓸한 애도가.

그 무엇도 잃어버린 동료를 대신하지 못할 것이다. 오랜 동료를 새로 만들어낼 수는 없는 노릇이다. 그토록 많은 추억, 함께한 힘겨운 순간들, 무수한 불화와 화해, 감동만큼 값진 보물은 없다. 이런 우정을 새로이 만들어낼 수는 없다. 떡갈나무를 심었다고 해서 금세 그 그늘에 몸을 피하기를 기대할 수는 없는 것처럼 말이다.

이렇게 인생은 흘러간다. 우리는 풍요로워졌고 수년 간 나무를 심어왔지만, 지금껏 이루어놓은 일을 시간이 해체하고 나무를 베어내야 하는 시기가 온다. 동료들은 하나둘씩 자기 그림자를 우리에게서 거둔다. 그리고 그들의 죽음을 슬퍼하는 우리 마음에 늙어가는 것에 대한 은밀한 회한이 뒤섞인다.

메르모즈와 다른 동료들이 우리에게 가르쳐준 교훈이 바로 이것이다. 직업의 위대함이란 무엇보다 인간을 한데 묶어준다는 것. 인간관계라는 사치야말로 진정한 사치가 아닐까.

오로지 물질적 부만을 위해 일하면서 우리는 자신 스스로 감옥을 쌓아올린다. 가치 있는 경험을 주지 못할 재로 만든 동전을 꼭 쥐고 우리는 쓸쓸히 틀어박혀 지낸다.

내게 오래도록 여운을 남긴 사람들이 누구였는지, 중요했던 순간이 언제였는지 헤아려보면 재물로는 절대 얻지 못했을 순간들이 반드시 떠오른다. 메르모즈와 같은 사람과 나눈 우정, 함께 겪은 시련으로 쌓은 동료와의 우정은 돈으로 살 수 없다.

야간비행, 밤에 빛나던 무수한 별들, 그 정적, 몇 시간 동안 맛보았던 절대적인 힘, 이런 것들은 돈으로 살 수 없다.

어려운 고비를 넘긴 후 보이는 새로운 세상, 그 나무들, 꽃들, 여자들, 새벽녘 우리가 막 되찾은 삶으로 싱싱하게 채색된 그 미소, 우리 고생에 보답해주는 작은 것들이 이루는 합창. 이런 것들을 돈으로는 살 수 없다.

문득 떠오르는 투항을 거부한 부족의 지역에서 보낸 그날 밤도 돈으로는 살 수 없다.

우리는 아에로포스탈 소속 승무원 세 팀이었는데, 해질녘에 리오데오로* 해안에 불시착했다. 동료 리겔이 연접봉 파열로 가장 먼저 착륙했고, 부르가는 그들을 태우려고 착륙했다가 사소한 고장 때문에 땅에 묶인 신세가 됐다. 마지막으로 내가 착륙했는데, 그때는 이미 밤이 내리고 있었다. 우리는 일단 부르가의 비행기를 구하자고 결정하고 수리를 하기 위해 날이 밝기를 기다리기로 했다.

그보다 1년 전, 동료인 구르프와 에라블이 비행기

---

* 리오데오로Rio de Oro. 현재 서북 아프리카 서사하라에 위치해 있으며, 과거에 스페인령이었던 사막 지대.

고장으로 정확히 이곳에 불시착했다가 투항을 거부한 부족에게 무참히 살해당했다. 소총 300자루를 보유한 아랍인 무장대가 여전히 보자도르* 어딘가에 주둔하고 있다는 사실을 우리는 알고 있었다. 멀리서 세 차례나 비행기가 착륙하는 것이 보였을 테니 그들이 이미 경계태세에 돌입했을지도 모를 일이었다. 그렇게 우리는 마지막이 될지도 모를 불침번을 서기 시작했다.

우리는 밤을 보낼 채비를 했다. 비행기 화물칸에서 화물 상자 대여섯 개를 끌어내 내용물을 비운 후 둥글게 늘어놓고, 상자 밑바닥마다 막사 안쪽에 켜두듯 양초를 하나씩 켜놓았다. 불어오는 바람에 촛불이 금세 꺼질 것 같았다. 행성의 발가벗은 껍질 위, 세상이 창조된 이후 최초 몇 년을 연상케 하는 외딴 사막 한가운데에 우리는 이렇게 인간의 마을을 세웠다.

우리는 상자들에서 비쳐 나오는 떨리는 불빛으로 밝힌 모래를 우리 마을의 광장으로 삼아 밤을 지새우려고 모여 앉았다. 새벽이 와서 목숨을 구하거나 아니면 무어인들이 찾아오기를. 그런데 어째서 이 밤이 크리스마

---

* 보자도르Bojador 또는 보자도르 곶Cape bojador. 서사하라 북부 해안에 위치한 곳.

스의 맛을 띠었는지 알 수 없는 노릇이다. 우리는 서로 추억을 이야기하고 농담을 지껄이고 노래를 불렀다.

그러면서 열심히 준비해온 파티에서나 느낄 법한 가벼운 열기를 맛보았다. 하지만 우리는 한없이 가난했다. 바람과 모래와 별들. 트라피스트 수도사**들에게나 어울릴 투박한 양식. 하지만 추억 말고는 이 세상에 아무것도 가진 것이 없는 예닐곱 남자들이 희미하게 밝혀놓은 모래 자락 위에서 눈에 보이지 않는 부를 서로 나누고 있었다.

우리는 드디어 진정으로 만난 것이었다. 이제껏 각자의 침묵 속에 갇힌 채, 서로 나란히 걷거나 공허한 말만 나누어왔다. 하지만 여기 위험의 순간이 닥쳤다. 그러자 우리는 서로를 돕는다. 그러면서 우리가 하나의 공동체에 속해 있다는 사실을 새삼 깨닫는다. 다른 의식이 존재함을 발견함으로써 우리의 마음은 확장된다. 환한 미소로 서로를 바라보는 우리는 감옥에서 풀려나 바다의 광활함에 경탄하는 죄수를 닮아 있다.

** 트라피스트 수도회는 가톨릭교회의 한 수도회로, 트라피스트 수도자들은 봉쇄된 구역에서 공동생활을 하며 기도와 노동, 채식, 침묵을 포함하는 엄격한 수행을 하는 것으로 알려져 있다.

2

기요메, 자네에 대해 몇 마디 하려 하네. 하지만 자네의 용기나 직업적 자질을 지나치게 강조해서 자네를 불편하게 하는 일은 없을 걸세. 자네가 겪은 가장 멋진 모험에 대해 이야기하면서 나는 좀 다른 것을 그려보고자 하네.

아무런 이름도 붙일 수 없는 그런 자질이 있어. '진중함'이라고 부를 수 있을지 모르겠지만 이 단어만으로는 부족하지. 왜냐하면 내가 말하려는 그 자질 속에는 더없이 명랑한 쾌활함도 있거든. 그건, 자기가 다듬을 나무토막을 자신과 동등한 존재로 마주하고 앉아서 이리저리 더듬고 헤아려보는 목수가 지닌 바로 그 자질이네. 그런 목수는 나무토막을 하찮게 다루는 것이 아니라, 정성을 다 하는 법이지.

기요메, 언젠가 자네가 겪은 모험을 칭송하는 글을 읽은 적이 있는데, 거기에 나오는 부정확한 이미지가 나는 영 맘에 들지 않았네. 자네가 마치 '파리 부랑아' 식의 걸걸한 농담이나 던지는 모습으로 그려졌거든. 죽을지도 모르는 최악의 위험에 맞선 용기가 중학생들의 빈정거리는 말장난에 불과한 것처럼 말일세. 그 글에서 자네 모습은 찾아볼 수 없었네, 기요메. 자네는 적에 맞서기 전에 그들을 조롱거리로 만들 필요를 느끼지 않거든. 지독한 폭풍우를 만나면 자네는 그저 '지독한 폭풍우로군' 하고 판단을 내릴 뿐이지. 자네는 폭풍우를 있는 그대로 받아들이고 헤아려본다네.

기요메, 여기에서 나는 자네에 대한 증언을 하고자 하네.

어느 겨울, 안데스 산맥을 횡단하던 자네가 행방불명된 지 50시간이 지난 때였지. 파타고니아* 남단에서 돌아오던 나는 멘도사**에서 동료 들레와 합류했네. 우리 두 사람은 닷새 동안 비행기로 첩첩산중을 뒤지고 다녔지만 아무것도 찾아내지 못했네. 우리 비

---

* 파타고니아Patagonie. 남아메리카의 최남부에 위치한 지역. 아르헨티나와 칠레 양국에 걸쳐 있으며, 서남쪽에는 안데스 산맥, 동쪽으로는 고원과 낮은 평원이 있다.
** 멘도사Mendoza. 아르헨티나 멘도사 주의 주도로 안데스 산맥 기슭에 위치해 있다.

행기 두 대로는 턱없이 부족했지. 100개의 비행 중대가 100년 동안 비행한다 해도 능선 높이가 7000미터에 이르는 그 거대한 산악 지대를 다 탐색할 수는 없을 것 같았네. 우리는 모든 희망을 잃었지. 밀수업자도, 단돈 5프랑에 살인을 서슴지 않는 강도들마저도 안데스 산줄기나 임시 대피소에 가보기를 거절했네. 그러면서 이렇게 말하더군. "가면 거기에서 죽을 수도 있어요. 겨울에 안데스 산맥은 사람을 봐주는 법이 없거든요." 들레와 내가 산티아고에 착륙하니 칠레 사무관들 역시 우리한테 탐색을 포기하라고 충고하더군. "지금은 겨울입니다. 추락한 여러분 동료가 만에 하나 살아남았다 해도 간밤을 넘기지 못했을 겁니다. 저 위에서는 밤이 내리면 사람이 꽁꽁 얼어붙고 만다고요." 그런 후에 내가 다시 안데스 산맥으로 탐색 비행을 떠났을 때에는, 자네를 구조하러 찾아 헤매는 것이 아니라 눈으로 된 성당에서 고요히 자네 시체를 지키는 것 같은 느낌이었지.

그러다 7일째 되는 날, 탐색을 잠시 멈추고 멘도사의 식당에서 점심을 먹고 있는데, 누가 문을 열고 들어와서 소리를 질렀네. 그저 이렇게 말했지.

"기요메가… 살아 있다!"

그러자 거기 있던 낯모르는 이들이 서로를 얼싸안았지.

10분 후, 나는 기관사 르페브르와 아브리를 태우고 이륙했네. 그리고 40분 후, 산 라파엘* 쪽 어딘가로 자네를 태우고 가는 자동차를 알아보고 도로변에 착륙했네. 참으로 멋진 해후였어. 우리는 부활해 살아 돌아온 자네를, 기적을 이뤄낸 자네를 울면서 으스러져라 얼싸안았네. 바로 그때 자네가 처음으로 알아들을 수 있는 한 문장을 말했는데, 그건 인간으로서의 자부심을 참으로 근사하게 표현한 말이었지. "맹세컨대, 내가 해낸 일은 짐승이라면 절대 못해냈을 걸세."

나중에 자네는 그 사고에 대해 이야기해주었지.

48시간 만에 5미터 두께의 눈을 퍼부어댄 눈보라 때문에 하늘이 전부 가로막혔고, 미국 팬에어 항공사 비행사들은 되돌아가버렸지. 그래도 자네는 하늘에서

* 산 라파엘San Rafael. 아르헨티나 멘도사 주 남부에 있는 도시.

틈바구니를 찾아 나서려고 이륙했네. 그리고 약간 남쪽으로 내려간 지점에서 그 함정을 발견한 거야. 그래서 자네는 고도를 약 6500미터로 유지하며, 최고 높이가 기껏해야 6000미터인 구름층 사이로 높은 산봉우리들만 뾰족이 솟아올라 있는 모습을 내려다보며 아르헨티나로 방향을 잡았네.

조종사는 가끔 하강기류 때문에 이상한 불쾌감에 사로잡히지. 엔진은 잘 돌아가는데 기체는 하강하는 거야. 고도를 유지하려고 상승해보지만 비행기는 속도를 잃고 힘이 없어지지. 그리고 기체는 계속 가라앉네. 그러면 조종사는 이제 너무 높이 올라온 것은 아닐까 두려워서 핸들을 느슨히 풀고, 오른쪽 왼쪽으로 되는대로 편류하면서 유리한 능선, 그러니까 바람을 도약대처럼 받아주는 능선에 비행기를 대보려 하지. 하지만 비행기는 계속 하강할 뿐이야. 하늘이 통째로 내려앉는 것 같지. 무슨 우주적 재난에 휘말린 것 같은 느낌이라네. 이제는 피난처도 없어. 공기가 기둥처럼 풍성하고 단단히 받쳐주던 지대로 되돌아가보려고 애쓰지만 아무 소용이 없지. 이제 더 이상 그런 기둥

따위는 없거든. 모든 것이 와해되지. 조종사는 이제 완전히 무기력한 상태로, 힘없이 피어올라 이내 기체를 빨아들이는 구름을 향해 미끄러져 들어가는 거야.

자네는 우리한테 이렇게 말했어. "이미 꼼짝없이 걸려든 거나 마찬가지였는데, 그래도 나는 그걸 확신할 수 없었어. 안정적으로 보이는 구름 위에서 하강기류를 만나기도 하는데 말이지, 사실 그 구름이 안정적으로 보이는 건 같은 고도에서 구름이 계속해서 흩어졌다 합쳐진다는 간단한 이유 때문이거든. 고산지대에서는 모든 게 어찌나 이상한지…"

그 얼마나 대단한 구름인가…!

"걸려들자마자 조종간을 놓고 밖으로 튕겨나가지 않으려고 의자를 꼭 붙들었네. 진동이 얼마나 심하던지 벨트 때문에 어깨에 상처가 났고 하마터면 어깨가 작살날 뻔했네. 게다가 성에까지 껴서 전혀 시야를 확보할 수 없었어. 내가 탄 비행기는 고도 6000미터에서 3500미터까지 모자가 굴러 떨어지듯 추락했지.

3500미터 지점에서 수평으로 펼쳐진 검은 덩어리가 언뜻 보였고 덕분에 기체를 바로잡을 수 있었네.

내가 아는 라구나 디아만테Laguna Diamante 호수였어. 내가 아는 바에 따르면, 그 호수는 화산 구덩이 밑바닥에 자리 잡고 있고 한쪽 사면에는 마이푸Maipu 화산이 6900미터까지 치솟아 있었지. 구름에서는 벗어났지만 무섭게 몰아치는 눈보라 때문에 여전히 앞이 보이지 않았어. 그 화산 구덩이 안의 어느 벽에 충돌하지 않는 한 호수에서 벗어날 수 없었지. 그래서 30미터 고도를 유지하면서 휘발유가 떨어질 때까지 호수 둘레를 선회했어. 두 시간을 그런 식으로 버티다가 착륙했는데 기체가 그만 뒤집히고 말았지. 게다가 비행기에서 내릴 때 돌풍이 몰아치는 바람에 나는 뒤로 넘어졌어. 두 발로 간신히 버티고 서니 또다시 돌풍이 불어와 넘어졌지. 그래서 할 수 없이 기체 아래로 기어들어가 눈구덩이를 파야 했네. 거기에서 우편물 가방을 뒤집어쓰고 48시간 동안 기다렸지.

그런 후, 돌풍이 가라앉자 나는 걷기 시작했어. 4박 5일을 걸었지."

그런데 기요메, 그때 자네 본래 모습이 얼마나 남아 있던가? 물론 자네를 알아볼 수는 있었지만, 검게 타

고 뻣뻣해져서 늙은 할멈마냥 왜소해진 모습이 아니
었던가! 바로 그날 저녁, 나는 자네를 비행기에 태워
멘도사로 데려갔고, 그곳에서 자네는 마치 연고처럼
자네를 감싸주는 하얀 침대 시트 속으로 파고들었지.
하지만 그것만으로 자네의 상처를 치료할 수는 없었
네. 자네는 녹초가 된 몸으로 연신 뒤척였지만 그 육
신을 잠재울 수 없었네. 자네의 몸은 암석과 눈을 잊
지 못하고 있었네. 그것들이 자네 몸에 흔적을 남겼
지. 여기저기 상처 입고 농익은 과일처럼 검게 부풀어
오른 자네의 얼굴을 찬찬히 바라보았네. 추하고 처참
해진 자네는 이제 노동을 위한 그 아름다운 도구인 손
발도 제대로 사용하지 못할 지경이었네. 자네의 손은
마비됐고, 침대 가에 걸터앉은 자네의 동상 걸린 발은
죽은 추처럼 매달려 있었지. 자네는 아직 여정을 마친
것이 아니었네. 여전히 숨을 헐떡이고 있었고, 마음의
안정을 찾느라 돌아누울 때면 억누를 수 없는 영상들
이 마치 무대 뒤에서 초조히 대기하고 있었던 것처럼
줄줄이 등장해 자네 머릿속을 지나가곤 했지. 그러면
자네는 잿더미 속에서 되살아나는 적들에 대항해 다

시 무수한 싸움을 벌였지.

　나는 자네에게 탕약을 부어주었네.

　"이거 좀 마셔."

　"내가 가장 놀랐던 건 말이지… 자네가 알지 모르겠네만…"

　승리했지만 얻어맞아 크게 상처입은 권투 선수인 자네는 자신이 겪은 기묘한 모험을 조금씩 풀어놓았지. 자네가 밤중에 털어놓은 이야기에 나는 영하 40도의 추위에 피켈도 밧줄도 식량도 없이 발과 무릎과 손에서 피를 흘리며 4500미터 높이의 언덕을 기어오르고 깎아지른 암벽을 따라 앞으로 나아가는 자네의 모습을 얼핏 볼 수 있었네. 자네는 피와 힘과 이성을 서서히 잃어갔고, 장애물을 피하려고 왔던 길을 되돌아갔고, 쓰러지면 다시 일어섰고, 한길 낭떠러지 비탈을 기어 올라갔네. 잠시라도 눈 침대 위에 누우면 다시는 깨어나지 못할까 봐 쉬지 않고 개미처럼 고집스럽게 앞으로 나아갔지.

　정말이지. 미끄러지면 재빨리 몸을 일으켜 세워야

했네. 몸이 돌덩이처럼 굳어버리지 않게 하려고 말일세. 추위는 시시각각 자네 몸을 화석처럼 굳혔고, 넘어져 고작 1분을 쉬었을 뿐인데도 다시 일어나려면 죽어버린 근육을 움직이려 온 힘을 다해야 했네.

자네는 유혹에 저항했어. 자네가 이렇게 말했지. "눈 속에서는 생존본능을 잃어버려. 이틀, 사흘, 나흘째 걷고 나면 그저 잠들고만 싶지. 나도 그러고 싶었어. 하지만 이렇게 되뇌었지. '아내는 내가 살아 있다고, 내가 걷고 있다고 믿을 거다. 동료들은 내가 걷고 있다고 믿고 있다. 그 사람들이 모두 나를 믿고 있어. 그러니 걷지 않으면 나는 개자식이다.'

그래서 자네는 걸었네. 주머니칼로 신발 구멍을 매일 조금씩 잘라 벌렸지. 동상을 입어 부푼 자네의 발이 신발 속에서 버틸 수 있도록 말일세.

자네는 내게 이런 이상한 고백도 했네.

"이틀째가 되자마자 내가 제일 노력했던 게 뭔지 아나. 생각을 하지 않는 것이었다네. 너무 고통스러웠거든. 상황이 너무도 절망적이었어. 걸어갈 용기를 내려면 지금 내 상황을 생각해선 안 됐어. 그런데 불행히도 나는 두뇌를 잘 통제하지 못했고, 놈은 터빈처럼 열심히 작동했지. 그래도 나는 아직 그놈이 볼 영상을 선택할 수 있었어. 그래서 어떤 영화나 책에 몰두했지. 그러면 그 영화나 책의 장면들이 머릿속에서 빠르게 연신 지나가는 거야. 그런데 그게 끝나면 두뇌란 놈은 어김없이 지금 상황으로 되돌려놓더군. 그러면 나는 놈을 또 다른 기억을 향해 집어던졌어…"

그러던 자네도 한번은 미끄러져서 눈 속에 배를 깔고 엎어졌다가 몸을 일으키기를 포기했네. 자네는 마치 별안간 모든 열의를 잃어버리고 1초 2초 카운트다운 소리를 듣는 권투 선수와 같았어. 돌이킬 수 없는 10초에 이를 때까지 말이야.

'할 수 있는 건 다 했고 아무런 희망도 없는데 어째서 이 고역을 고집스레 계속해야 하지?' 자네는 그저 눈만 감으면 평화를 찾을 수 있었네. 그러면 이 세상에서 암벽과 얼음과 눈이 사라져버렸을 걸세. 그 신비한 눈꺼풀이 감기기만 하면 상처도, 추락도, 파열된 근육도, 타는 듯 쓰라린 동상도, 소처럼 힘겹게 끌고 가야 할 무거운 목숨의 무게도 사라져버렸을 걸세. 자네는 이미 맛보고 있었네. 독이 되어버린 그 추위를, 모르핀처럼 이제 자네를 황홀케 하는 그 추위를 말일세. 자네의 생명은 심장 주위로 숨어버렸지. 무언가 부드럽고 소중한 것이 자네 중심부에 웅크리고 있었다네. 이제껏 고통으로 가득 찬 짐승이던 그 몸뚱이는 이미 대리석처럼 무심해져 있었고, 자네의 의식은 육신의 중심에서 멀리 떨어진 말단 부위들을 차츰 저버렸지.

또 양심의 가책도 희미해져갔어. 자네를 부르는 우리의 목소리도 더 이상 자네에게 가닿지 않았지. 더 정확히 말하자면 우리의 부름은 자네한테 꿈결 속 부름이 되어버린 거야. 꿈속에서 성큼성큼 몇 걸음 나가기만 하면 평원의 달콤함을 맛볼 수 있었기에, 자네는 기꺼이 응답했지. 달콤한 세상으로 자네는 얼마나 쉽사리 미끄러져 들어가고 있던지! 기요메, 자네는 우리한테 돌아오기를 거부하기로 작정한 거였네.

그런데 문득 자네 의식 깊숙한 곳에서 회한이 올라왔지. 별안간 어떤 세부사항을 기억해낸 거야. "집사람 생각을 했네. 아내가 내 보험증서 덕분에 가난해지지는 않을 거라고. 그래, 헌데 그 보험이 말이지…"

사람이 실종되면 법적 사망 판정은 4년 후에야 내려지지. 이 세부사항이 또렷이 오르는 다른 영상들을 지워버렸네. 그런데 그때 자네는 눈이 쌓인 급경사 위에 배를 깔고 엎어져 있었거든. 여름이 오면 자네 시신은 안데스 산맥의 수천 개 크레바스 중 하나로 굴러 떨어지겠지. 자네는 그 사실을 알고 있었네. 하지만 자네 앞 50미터 거리에 암석 하나가 있다는 사실도 알고 있었지. "이렇게 생각했어. 지금 일어서면 그 암석까지 갈 수 있을 거라고. 그 돌에 내 몸을 기대어두면, 여름이 왔을 때 시신을 찾아낼 거라고 말이야."

　그래서 자네는 일어섰고 내리 2박3일을 걸었지.

　하지만 멀리 갈 수 있을 거라고는 전혀 생각하지 않았어.

　"여러 징후로 난 내 최후를 짐작했다네. 가령 이런 게 있었어. 대략 두 시간마다 쉬어야만 했어. 신발을 좀 더 잘라 벌리거나, 부어오른 발을 눈으로 문지르거나, 그저 숨을 좀 돌리려고 말이지. 그런데 마지막 며칠 동안은 기억이 깜빡깜빡하더라고. 쉬었다가 다시 걷기 시작한 지 한참 됐는데 퍼뜩 이런 생각이 드는 거야. 쉴 때마다 무언가 하나씩 잃어버리고 있다고. 처음에는 장갑 한 짝이었는데, 그 지독한 추위에 심각한 일이 아니고 뭔가! 앞에 벗어두었다가 그냥 거기에 두고 온 걸세. 그 다음에는 손목시계였지. 그 다음에는 주머니칼, 다음엔 나침반이었어. 매번 쉴 때마다 나는 가난해졌네….

살아남는 길은 한 걸음, 또 한 걸음 걷는 걸세. 매번 똑같은 걸음을 다시 시작하는 거라고…"

"맹세컨대, 내가 해낸 일은 짐승이라면 절대 못해냈을 걸세." 내가 이제껏 들어본 말 중에서 가장 고귀한 이 한 마디, 인간을 인간이게 하고 인간을 칭송하고 진정한 서열을 매겨주는 이 말이 기억나네. 마침내 자네는 잠들었지. 의식은 잠들었지만, 자네가 깨어날 때면 이 파괴되고 쪼그라들고 시커멓게 타들어간 육신으로부터 되살아난 의식이 다시금 육신을 지배하게 되겠지. 그러면 육신은 좋은 도구 그 이상도 이하도 아닌 단순한 하인에 불과하게 되는 거야. 그런데 기요메 자네는 그 좋은 도구에 대한 자부심을 표현할 줄도 알았네.

"음식을 못 먹었으니, 상상해보게나, 걷기 시작한 지 사흘째 되는 날… 심장이 힘차게 뛸 리가 없지… 그런데 말일세! 깎아지른 비탈에 매달려서 주먹을 쑤셔 넣을 구멍을 파며 올라가는데, 갑자기 심장이 간당간당하는 거야. 머뭇머뭇하다가 다시 뛰는 걸세. 그러면서 불규칙하게 뛰는 거야. 놈이 1초만 더 머뭇거리면 손을 놓아버리고 말겠더군. 그래서 꼼짝하지 않고 내 속에 귀를 기울였어. 비행기를 몰 때는 말일세, 절대로, 내 말 듣나? 절대로, 그 몇 분 동안 심장에 매달려 있듯 엔진에 그렇게 가까이 매달려 있다고 느낀 적이 없었네. 나는 내 심장한테 말했지. 자, 조금만 힘내! 좀 더 뛰어보라니까… 그런데 놈이 아주 고품질 심장이었단 말이지! 머뭇거리다가 매번 다시 뛰더라니까… 이 심장이 어찌나 자랑스럽던지 자네가 알기나 할까!"

멘도사의 침실에서 내가 곁을 지키는 가운데 자네는 가쁜 숨을 몰아쉬며 마침내 잠이 들었네. 그때 나는 생각했지. '만일 사람들이 기요메더러 용감하다고 말한다면 정작 본인은 어깨를 으쓱할 거다. 그걸 보며 그가 겸손하다고 칭찬한다면, 그건 또 그를 왜곡하는 일이다. 기요메는 그런 시시한 미덕 따위에는 초월해 있다. 그가 어깨를 으쓱하는 것은 지혜롭기 때문이다. 기요메는 사람이 일단 어떤 일에 휘말리게 되면 더 이상 그 일을 두려워하지 않게 된다는 사실을 알고 있다. 미지의 존재만이 사람을 공포에 빠뜨린다. 일단 어떤 일에 맞서기 시작하면 그 사람에게 그 일은 더 이상 미지의 존재가 아니다. 통찰력을 갖고 심각하게 그 일을 바라보는 경우에는 더더욱 말이다. 기요메의 용기는 무엇보다 그의 올곧은 성품에서 나온다.'

하지만 그의 진정한 미덕은 여기에 있는 것이 아니다. 그의 위대함은 스스로에게 책임이 있다고 느끼는 데 있다. 자기 자신에 대해, 우편물에 대해, 희망을 잃지 않는 동료들에 대한 책임 말이다. 그는 그 사람들의 고통 또는 기쁨을 자기 손 안에 쥐고 있다. 그는 저기 살아 있는 자들의 세상에서 새로이 구축되는 것들에 대해 책임이 있으며 그 일을 함께 해야 한다. 자신이 하는 일 안에서 인간의 운명에 일말의 책임이 있는 것이다.

기요메는 자신의 잎사귀로 넓은 지평선을 가려주는 임무를 기꺼이 떠맡은 도량 넓은 존재이다. 인간답다는 것은 바로 책임을 진다는 것이다. 그것은 자신과 상관없어 보이는 비참함 앞에서 부끄러움을 느끼는 것이다. 또 동료들이 거둔 승리를 자랑스럽게 여기는 일이다. 그것은 자기 돌멩이 하나를 보태면서 세상을 건설하는 데 기여한다고 느끼는 것이다.

보통 위와 같은 사람을 투우사나 도박꾼과 혼동하곤 한다. 사람들은 투우사나 도박꾼이 죽음에 연연하지 않는다며 칭송한다. 하지만 나는 죽음을 우습게 여기는 태도를 비웃는다. 자신이 받아들인 책임에 뿌리를 박고 있지 않으면서 죽음을 경멸하는 것은 초라함 또는 치기 어린 열정일 뿐이다. 알고 지내던 청년 하나가 자살을 했다. 대체 무슨 사랑의 슬픔 때문에 그리도 정성스레 심장에 총 한 발을 쏘았는지 모르겠다. 흰 장갑까지 끼고서 어떤 문학 사조에 홀려 그렇게 굴복하고 말았는지는 모르겠지만, 이 슬픈 과시 행동을 보고서 고상하다기보다는 초라하다는 인상을 받았던 기억이 난다. 그 사랑스러운 얼굴 뒤 머릿속에는 아무 것도 없었다. 아무것도 말이다. 다른 소녀들과 다르지 않은 한 어리석은 소녀의 모습이었을까.

이 초라한 운명을 마주하면서 진정한 한 인간의 죽음이 떠올랐다. 어느 정원사의 죽음이었다. 그 정원사는 내게 이렇게 말하곤 했다. "아시겠소… 삽질을 할 때면 땀이 났지요. 류머티즘 때문에 다리가 뻐근했고, 이 노예 짓거리에 욕이 나옵디다. 그런데 이제는 땅에서 그 삽질을 하고 싶소. 삽질하는 게 얼마나 좋아 보이는지! 난 삽질을 할 때면 그렇게 자유로울 수가 없단 말이오! 게다가, 이제 누가 내 나무들을 손질해주겠소?" 그는 땅 한 뙈기를 황무지로 남기고 갔다. 그는 한 행성을 황무지로 버려두고 간 것이다. 그는 대지의 모든 땅, 모든 나무와 사랑으로 연결되어 있었다. 그 정원사야말로 너그러운 자, 아낌없이 베푸는 자, 위대한 영주였다! 자기 창조물의 이름을 걸고 죽음에 맞서 싸운 그 정원사야말로 기요메처럼 진정 용기 있는 자였다.

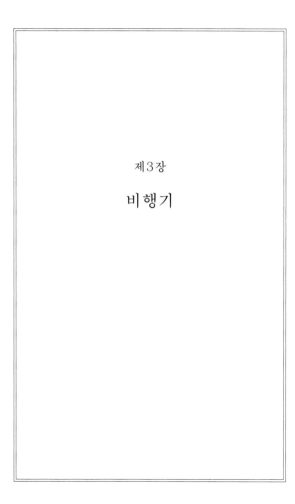

제3장

비행기

*

기요메, 자네는 기압계를 조절하고 자이로스코프로 평형을 유지하고 모터가 내뿜는 바람을 점검하고 15톤의 쇳덩어리를 어깨로 떠받치며 밤낮을 보내지만, 그게 뭐 중요하겠나. 자네가 직면하는 문제는 결국 인간으로서 겪게 되는 문제라는 점이 중요하지. 그렇기에 자네는 곧장 숭고한 산山사람의 수준으로 승격된다네. 시인이 그러하듯 자네는 새벽이 다가오는 것을 음미할 줄 알지. 힘겨운 밤, 저 심연 밑바닥에서 자네는 창백한 꽃다발과 같은 여명이 동쪽의 검은 대지로부터 솟아오르기를 얼마나 간절히 기원했나. 그 기적의 샘은 때때로 자네 앞에서 느릿느릿 녹아내리면서 이제는 죽은 목숨이라 믿고 있던 자네를 치유해주었네.

복잡한 기기를 다루는 일을 한다고 해서 자네가 감정이 메마른 기술자가 되지는 않네. 우리 사회의 급속한 기술 발전을 두려워하는 이들은 목적과 수단을 혼동하는 것 같아. 물질적 부만을 얻으려고 싸우는 이들은 살아볼 만한 가치를 주는 것은 하나도 얻어내지 못하는 법이지. 하지만 기계는 목적이 아니지. 비행기는 하나의 도구지. 쟁기와 같은 도구 말일세.

기계가 인간을 파괴한다고 믿는 것은, 어쩌면 우리가 겪어온 빠른 변화의 영향력을 판단할 충분한 시간적 여유가 없었기 때문인지 모르네. 20만 년 인류 역사에 비추어볼 때 기계의 역사 100년이 뭐 그리 대단하단 말인가? 우리 주위에 광산과 전력 발전소가 자리 잡기 시작한 것은 아주 최근에 벌어진 일이라네.

우리는 미처 다 짓지도 않은 새 집에 이제 막 살기 시작한 것이지. 인간관계, 근로조건, 관습 등 모든 것이 너무도 빨리 변해버렸네. 우리 정신마저도 가장 내밀한 기초부터 뒤흔들렸지. 이별, 부재, 거리, 귀환의 개념도 비록 단어 자체는 그대로일지 모르지만 더 이상 같은 현실을 담고 있지 않다네. 우리는 오늘날의 세계를 이해하는 데 과거 세계를 위해 만들어놓은 언어를 사용하고 있지. 그리고 과거의 삶이 우리 본성에 더욱 잘 들어맞아 보이는 유일한 이유는, 과거의 삶이 지금 우리가 쓰는 언어에 더욱 잘 들어맞기 때문이라네.

진보할 때마다 우리는 이제 막 터득한 습관 밖으로 조금씩 밀려났으니, 그야말로 우리는 여태 자기 나라도 건설하지 못한 이주민 신세가 아닌가.

우리는 모두 새 장난감에 정신이 팔려 있는 어린 미개인들 같아. 비행기 운행에도 별다른 의미가 없지. 비행기는 더 높이 오르고 더 빨리 날게 되었어. 그런데 정작 우리는 어째서 그 비행기를 날아가게 하는지를 잊은 듯하네. 잠시, 비행기를 운행시키는 것

자체가 그 목적보다 중요해지지. 항상 그런 식이라
네. 제국을 건설하는 식민지 주둔 군인에게 삶의 의
미는 정복하는 것이지. 주둔군은 식민지에 사는 본국
인을 경멸하네. 하지만 식민지 정복의 목적은 본국인
을 그곳에 정착시키는 데 있지 않았던가? 이런 식으
로 우리는 발전에 열광하며 사람들을 철로를 깔고 공
장을 짓고 유전을 파는 데 종사하도록 만들었다네.
그러면서 이런 것들을 만드는 이유가 인간에게 봉사
하기 위해서라는 사실을 얼마간 잊어버렸지. 식민지
정복 동안 우리의 윤리는 군인의 윤리였다네. 하지만
이제 우리는 식민지를 건설해야 하지. 아직 얼굴 없
는 이 새 집을 살아서 움직이게 만들어야 한다네. 어
떤 이들에게는 집을 짓는 것이 진실이었고, 다른 이
들에게는 그곳에서 사는 것이 진실이라네.

　우리가 사는 집은 분명히 점점 더 인간다워질 것이
네. 기계는 완벽해져감에 따라 자기 역할 뒤로 제 모
습을 감추지. 인간이 하는 모든 산업화 노력과 모든
계산, 설계도를 그리느라 지새운 그 모든 밤 끝에 남

는 것은 결국 겉으로 보이는 간결함인 것 같아. 기둥이나 배의 용골, 비행기 동체의 곡선이 여인의 가슴이나 어깨 곡선과 같은 본질적 순수함을 띠도록 만들기 위해 몇 세대에 걸친 경험이 필요했다는 듯 말이야. 기술자나 제도사, 연구실 계측사가 하는 일이란 이런 식으로 이음매를 매끈하게 다듬고 지워 날개의 균형을 맞추어서, 결국 날개가 눈에 띄지 않게끔 만드는 일이 아닐까. 그래서 날개가 비행기 동체에 부착되어 있는 것이 아니라 완벽한 일체가 되도록, 마치 시詩와 동일한 수준으로 신비롭게 결합된 일체가 되도록 말이야. 완벽함이란 덧붙일 요소가 없을 때가 아니라 제거할 요소가 남아 있지 않을 때 이루어지는 것이 아닌가 싶다네. 기계가 진화를 마치면 제 모습을 숨기는 것이지.

발명의 완성은 이렇게 발명의 부재에 가깝다네. 도구에서 겉으로 보이는 기계 장치의 흔적은 점차 지워져서 우리 손에 도달하는 물건은 바닷물에 다듬어진 조약돌만큼이나 자연스러운 형태를 띠게 되는 거지. 또 이와 마찬가지로 기계를 사용하면서 차츰 기계 자체를 잊어버리게 된다는 사실도 놀랍다네.

예전에 우리가 접하던 공장은 복잡했지. 하지만 이제 우리는 엔진이 돌아가고 있다는 사실조차 잊어버린다네. 이제야 엔진은 우리가 주의를 기울이지 않아도 뛰는 심장처럼 제 기능을 제대로 수행하게 된 것이지. 우리 주의를 도구가 흡수해버렸다네. 도구 너머로 그리고 도구를 통해서 우리는 바로 우리의 오래된 본성, 정원사나 비행사, 시인의 본성을 되찾는 것이지.

수상비행기가 이륙할 때 조종사가 접촉하게 되는 것은 다름 아닌 물과 대기라네. 엔진이 돌아가고 비행기가 바다를 가르기 시작하면, 동체가 거센 물결에 부딪쳐 징처럼 울리고 사람은 허리의 진동으로 기계의 움직임을 따라갈 수 있지. 조종사는 수상비행기가 속도를 냄에 따라 시시각각 비행기에 힘이 붙는 것을 느낀다네. 그 15톤의 질료 속에서 비행을 가능케 하는 힘이 무르익어감을 느끼지. 그러면 조종사는 조종간을 두 손으로 움켜쥐고 이 힘을 선물처럼 받아들인다네. 조종사에게 이 선물이 전달되면, 조종간의 금속성 기관들은 조종사가 지닌 힘의 심부름꾼이 될 거야. 그러다 이 힘이 무르익으면 조종사는 꽃을 딸 때보다 더욱 유연한 동작으로 비행기를 물에서 떼어내어 대기 중에 띄울 것이라네.

제4장

비행기와 행성

*

1

비행기가 기계인 것은 틀림없는 사실이다. 하지만 또한 얼마나 대단한 분석의 도구인가! 이 도구 덕분에 우리는 대지의 참모습을 발견할 수 있었다. 사실 우리는 수세기 동안 길에 속아왔다. 우리는 자기 백성들을 만나 자신의 통치에 만족하는지 알아보고 싶어하는 여왕을 닮아 있었다. 아첨꾼들은 여왕을 속이려고 여왕이 가는 길에 보기 좋은 장식물을 세워두고 사람들에게 돈을 주어 그곳에서 춤을 추게 하였다. 여왕은 그 좁은 행차 길 너머의 세상은 조금도 보지 못했고, 들판 한가운데에서 굶어 죽어가며 자기를 저주하는 이들이 있다는 사실을 전혀 알 수 없었다.

이런 식으로 우리는 굽이친 길을 따라 걸어왔다. 길은 불모지와 바위, 사막을 피해 가며 인간의 요구에 따라 샘물에서 샘물로 이어진다. 그 길은 농부들을 곳간에서 밀밭으로 이끌고, 새벽이면 아직 잠이 덜 깬 가축을 외양간에서 품어 개자리 풀밭에 풀어놓는다. 그 길은 이 마을을 저 마을로 이어준다. 왜냐하면 이 마을에서 저 마을로 시집장가를 가니까. 그 길 중 하나가 위험을 무릅쓰고 사막을 넘어간다 해도, 스무 차례 구불구불 돌아 다행히도 오아시스로 이어진다.

가벼운 거짓말에 무수히 속아 넘어가듯 굽이친 길에 이렇게 속아온 우리는 여행길에서 만난 그토록 많은 비옥한 땅과 과수원, 목초지로 인해 우리가 갇혀 있는 감옥을 오랫동안 미화시켜왔다. 우리는 이 행성을 촉촉하고 부드럽다고 믿게 된 것이다.

하지만 우리는 시력이 예리해졌고 잔인하리만치 무

서운 진보를 이루었다. 비행기 덕분에 직선 항로도 알게 되었다. 그래서 우리는 이륙하자마자 가축 물 먹이는 곳이나 외양간으로 이어지는 길, 이 마을에서 저 마을로 굽이치는 길을 저버린다. 그토록 정든 종속 상태에서 벗어나고 샘물에 대한 욕구에서 해방된 우리는 저 먼 목적지를 향해 나아간다. 그리고 그제야 직선 궤도 저 높은 곳에서 내려다보며 대지의 지반을 이루는 암석층과 모래층, 소금층을 발견하는데, 그곳에서는 폐허 틈바구니에서 자라난 이끼와도 같이 여기저기 생명이 꽃을 피운다.

이리하여 우리는 계곡 밑바닥을 장식하고 있으며 기후가 좋은 공원에서 그러하듯 이따금 기적적으로 활짝 피어나는 이 문명들을 연구하는 물리학자나 생물학자로 변신한다. 이리하여 우리는 실험실 도구를 통해서 보듯 비행기의 작은 창을 통해 인간을 바라보며 우주 단위에서 인간을 평가하게 되었다. 이렇게 우리는 우리의 역사를 다시 읽게 된 것이다.

2

마젤란 해협을 향해 나아갈 때면, 조종사는 리오 가예고스* 조금 남쪽에서 용암이 흘러내렸던 지역의 상공을 비행하게 된다. 이 잔해는 20미터 두께로 평원을 짓누르고 있다. 뒤이어 두 번째, 세 번째 용암 지대가 나타나고 이제는 땅이 솟아오른 둔덕, 200미터짜리 젖무덤마다 옆구리에 분화구가 달린 것이 보인다. 베수비오 화산**처럼 위풍당당한 분화구가 아니라 평원에 뚫린 대포 주둥이들이다.

하지만 지금은 고요할 뿐이다. 이 황량한 풍경에서 이러한 고요함은 놀랍게 느껴진다. 한때 이곳에서는 수천 개의 화산이 불을 내뿜으며 우렁찬 오르간 소리로 서로에게 응답하였는데, 이제 우리는 벙어리가 되어버리고 검은 빙하로 뒤덮인 대지 위를 비행하게 되었으니 말이다.

그런데 조금 더 가면 보이는 보다 오래된 화산들에

---

* 리오 가예고스Rio Gallegos. 아르헨티나 산타크루스 주의 주도.
** 이탈리아 나폴리 인근에 있는 화산. 서기 79년의 화산활동으로 로마 제국의 폼페이가 매몰되었다.

는 이미 금빛 잔디가 깔려 있다. 마치 낡은 화분에 핀 한 송이 꽃처럼 움푹 팬 구덩이에 드문드문 나무가 한 그루씩 솟아 있다. 해질녘 석양 아래에서 본 평원은 짧은 풀 덕분에 잘 가꿔진 공원처럼 풍요로웠으며, 거대한 분화구만 살짝 솟아올라 있었다. 산토끼 한 마리가 달아나고, 새 한 마리가 날아오른다. 기름진 흙 반죽이 살며시 깔린 새로운 행성을 마침내 생명이 장악한 것이다.

그리고 푼타 아레나스*** 조금 못 미친 지점에 이르면 마지막 분화구들이 메워져 있다. 고운 잔디가 화산의 곡선과 어우러져 이제 화산은 더없이 부드럽다. 갈라진 틈들은 이 부드러운 아마실로 꿰매져 있다. 대지는 매끈하고 완만해서 우리는 애초에 이 언덕들이 어떻게 생겨났는지 잊고 만다. 잔디가 언덕의 어두운 흔적을 지우는 것이다.

그리고 여기 최초의 용암과 남극 빙하 사이에 우연히 약간의 점토가 쌓여 탄생한 최남단의 도시 푼타 아

***푼타 아레나스Punta Arenas. 마젤란 해협에 위치한 칠레 및 지구 최남단의 항구 도시.

레나스가 그 모습을 드러낸다. 시커먼 용암과 그토록 가까운 곳에 위치해 있다니, 인간이 이룬 기적을 참으로 생생히 느끼게 된다! 참으로 기이한 만남이 아닌가! 또 어찌하여 이 여행자가 그토록 짧은 어느 기간만 거주할 수 있도록 마련된 이 정원들을, 지리학적인 어느 특정한 시기에, 무수한 날들 중 축복받은 어느 날 방문하게 된 것일까.

나는 온화한 저녁나절에 착륙했다. 푼타 아레나스여! 나는 분수대에 등을 기댄 채 소녀들을 바라본다. 우아한 그들에게서 몇 걸음 떨어진 곳에서 나는 인간의 신비를 절감한다. 생명이 생명에 그토록 쉽게 가닿는 세계, 바람결에 날리는 꽃들이 꽃들에 뒤섞이는 세계, 백조가 모든 백조들을 알고 있는 세계에서 오직 인간만이 자신의 고독을 쌓아올린다.

사람들 사이에 주어진 정신적 공간은 얼마나 될까! 소녀의 꿈이 내게서 소녀를 갈라놓는다. 어떻게 그 꿈 속에서 소녀를 만날 수 있을까? 멋지게 꾸며낸 이야기와 사랑스러운 거짓말을 잔뜩 품은 채 눈을 내리깔고 홀로 미소 지으며 느릿느릿 걸어 집으로 돌아가는 소녀에 대해 대체 무엇을 알 수 있을까? 소녀는 연인에 대한 생각, 그의 목소리와 침묵으로 왕국 하나를 통째로 만들어낼 수 있었고, 바로 그 순간부터 이 소녀에게는 연인 외의 모든 존재가 야만인일 뿐이다. 소녀는 자신의 비밀과 습관 속에, 자신의 기억으로부터 노랫가락처럼 들려오는 메아리 속에 갇혀 있는 것 같다. 설혹 그녀가 다른 행성에 있다 하더라도 그만큼 완벽히 고립된 것처럼 느껴지지는 않으리라. 화산에서, 잔디에서, 바닷물에서 갓 태어난 이 소녀는 이미 반쯤 신성을 띠고 있다.

푼타 아레나스! 나는 분수대에 등을 기댄다. 나이든 아낙들이 물을 길러 온다. 그네들의 인생 역정에서 내가 알 수 있는 것이라고는 그 하녀로서의 몸짓뿐이리라. 한 아이가 벽에 기대 조용히 울고 있다. 내 기억 속에서 이 아이는 결코 위로할 수 없는 아름다운 아이의 모습으로만 남게 될 것이다. 나는 이방인이다. 나는 아무것도 모른다. 나는 그들의 제국으로 들어갈 수 없다.

인간의 증오와 우정, 기쁨이라는 이 광대한 유희가 얼마나 보잘것없는 무대에서 벌어지고 있는지! 채 식지 않은 용암 위에 있는 위태로운 인간, 앞으로 닥쳐올 모래와 눈에 위협받는 존재인 인간은 대체 어디에서 이런 영원에 대한 애착을 끌어내는가? 이들의 문명은 쉽게 벗겨지는 도금에 불과하다. 화산이, 새로운 바다가, 모래바람이 이 문명들을 지워버리고 마니까.

이 도시는 보스* 지역처럼 깊은 곳까지 비옥한 땅 위에 세워져 있는 것처럼 보인다. 그래서 다른 곳과 마찬가지로 여기에서도 생명은 사치이며 인간의 발 아래로 아주 깊은 곳까지 이어진 땅이란 어디에도 존재하지 않는다는 사실을 우리는 잊고 만다. 하지만 푼타 아레나스에서 10킬로미터 떨어진 곳에 깊은 땅의 존재를 증명해주는 연못이 하나 있다. 비실비실한 나무들과 낮고 누추한 집들에 에워싸여 있으며 여느 농장 안뜰의 늪마냥 보잘것없는 이 연못에서는 도무지 설명할 수 없는 밀물과 썰물이 인다. 갈대와 뛰노는 아이들,

---

* 보스Beauce. 프랑스 남서부에 위치하며 60만 헥타르에 이르는 넓고 비옥한 농경지.

더없이 평화로운 일상 가운데 이 연못은 밤낮으로 느릿한 호흡을 이어가며 또 다른 법칙에 순응하고 있다. 거울과 같은 잔잔한 수면 아래로, 단 한 척의 낡은 배 아래로 달의 힘이 작용한다. 깊은 물속에서 해저 난류가 그 검은 덩어리를 움직이는 것이다. 연못 주변에서 마젤란 해협에 이르기까지 풀과 꽃으로 이루어진 얇은 층 아래에서 기묘한 소화 작용이 계속된다. 인간의 대지 위에 든든히 자리 잡아 누구나 제집처럼 편하게 여기는 마을 어귀에 있는 이 100미터 폭의 연못이 바다의 맥박으로 고동치고 있다.

3

우리는 떠돌이 행성에 살고 있다. 비행기 덕분에 이 행성은 가끔 우리에게 자신의 기원을 드러낸다. 연못이 자신과 달 사이의 숨겨진 혈연관계를 보여주듯이. 그런데 나는 이런 숨겨진 관계에 대한 다른 표식을 본 적이 있다.

쥐비 곶*과 시스네로스 사이 사하라 사막 해안 상공을 비행하다 보면, 몇 발자국에서 30여 킬로미터로 너비가 다양한 원뿔대 모양의 고원이 드문드문 보인다. 그 고원들의 높이는 300여 미터 정도로 놀랍도록 일정하다. 그런데 높이가 일정할 뿐 아니라 색조, 토양의 결, 절벽의 무늬도 똑같다. 모래 위에 홀로 솟은 사원의 기둥이 무너져버린 제단의 흔적을 말해주듯, 저 고독한 원뿔대들은 옛날에 이들을 한데 모아주던 넓디넓은 고원이 존재했음을 증언한다.

카사블랑카-다카르 항로 개설 초기 장비가 허술했던 몇 해 동안, 우리는 비행기 고장이나 탐색, 구조 활동을 이유로 반군 지역에 빈번히 착륙해야 했다. 그런데 모래는 사람을 속인다. 단단해 보이는데 그 속으로 빠져드는 것이다. 옛 염전 지대도 아스팔트처럼 단단해 보이고 발뒤축으로 쳐보면 탕탕 울리지만, 바퀴 무게를 견디지 못할 때가 종종 있다. 그러면 고약한 냄새가 나는 시커먼 늪으로 하얀 소금 껍질이 무너져 내리

* 쥐비 곶Cap Juby. 모로코 남부의 도시로 오늘날에는 '타르파야Tarfaya'라고 불림.

고 만다. 그래서 우리는 상황이 허락할 때면 고원지대의 이 매끈한 표면을 택하곤 했다. 거기에는 함정 따위는 결코 숨어 있지 않았으니까.

이렇게 확신하는 이유는 묵직한 알갱이로 된 단단한 모래 덕분이었다. 아주 작은 조개껍데기가 거대한 퇴적물을 이루고 있었는데, 고원 위에서는 온전하던 이 알갱이들이 능선을 타고 흘러내리면서 깨져 서로 엉겨붙어 있었다. 언덕 기슭의 가장 오래된 퇴적물은 이미 순수한 석회암을 이루고 있었다.

동료인 렌과 세르가 반군에게 포로로 잡혔을 무렵, 나는 무어인 전령 한 사람을 내려주기 위해 이 고원 안전지대 어딘가에 착륙했다가, 전령이 내려갈 만한 길이 있는지 함께 찾아본 적이 있다. 하지만 어느 쪽으로 가보아도 아득한 낭떠러지만 천 자락처럼 수직으로 늘어져 있을 뿐이었다. 여기에서 빠져나가는 일은 불가능했다.

하지만 나는 다른 착륙장을 찾아보려고 이륙하지 않고 그곳에서 꾸물거렸다. 짐승이건 인간이건 여태껏한 번도 더럽히지 않은 영토에 나의 발자국을 남긴다는, 어쩌면 유치해 보일지 모르는 환희를 느꼈다. 그 어떤 무어인도 감히 이 요새를 공격할 수는 없었을 것이다. 그 어떤 유럽인도 이 영토를 탐사한 적이 없었다. 나는 한없이 순결한 모래 위를 성큼성큼 걸었다. 이 조개껍데기 가루를 소중한 황금이나 되듯 한 손에서 다른 손으로 흘려본 사람은 내가 처음이었다. 내가 이 정적을 깨뜨린 최초의 인간이었다. 영겁의 세월 동안 풀 한 포기 틔워낸 적 없는 북극의 빙산 같은 그곳에서, 나는 바람에 실려 온 씨앗 한 톨 같은 생명의 첫 증거였다.

벌써 별 하나가 반짝이고 있었다. 나는 그 별을 유심히 바라보았다. 이 하얀 표면은 수십만 년 동안 오로지 별들에게만 바쳐진 곳이었다. 순수한 하늘 아래에 펼쳐진 티 한 점 없는 식탁보. 이때 마치 위대한 발견을 앞둔 사람처럼 심장이 멈칫했다. 이 천 자락 위, 나에게서 15 내지 20미터 떨어진 곳에서 검은 돌멩이 하나를 본 것이다.

나는 300미터 두께의 조개껍데기 층 위에 서 있었다. 이 거대한 층 전체가 항변의 여지없이 그 어떤 돌멩이의 존재도 거부하고 있었다. 지구의 느린 소화 과정으로 생긴 규석이 땅속 깊이 잠들어 있을 수는 있었다. 하지만 대체 어떤 기적으로 이들 중 하나가 이토록 새로이 생성된 표면까지 올라올 수 있었단 말인가? 나는 심장을 두근거리며 발견한 물건을 집어 들었다. 단단하고 까만, 금속처럼 묵직하고 눈물방울 모양을 한 그 주먹만 한 돌멩이를.

사과나무 아래 펼쳐진 천은 사과밖에 받을 수 없고, 별 아래 펼쳐진 천은 별 가루밖에 받을 수 없다. 이제껏 그 어떤 운석도 자신이 어디에서 왔는지 이보다 더 명백히 보여준 적은 없었다.

그래서 나는 너무도 자연스럽게 고개를 들며, 이 천상의 사과나무에서 틀림없이 다른 과일도 떨어졌을 거라고 생각했다. 그 과일들이 추락한 바로 그 지점에서 그것들을 찾아내리라. 수십만 년 동안 아무것도 그 과일들을 건드릴 수 없었을 테니까. 그것들은 다른 물질과 절대 혼동되지 않을 테니까. 그래서 나는 즉시 이 가설을 확인하려고 탐색에 나섰다.

그리고 가설은 검증되었다. 나는 대략 1헥타르마다

돌멩이를 하나씩 찾아냈고 발견한 것들을 수집했다. 그것들은 매번 반죽된 용암의 모습이었고, 검정 다이아몬드처럼 단단했다. 이렇게 나는 별 우량계 위에 서서, 놀랍도록 응축된 방식으로 느릿하게 내리는 화염 소나기를 목격했다.

4

하지만 가장 경이로운 일은, 이 자기磁氣를 띤 천 자락과 별들 사이에 이 행성의 둥근 등 위로 내리는 가랑비를 거울처럼 비추어내는 인간의 의식이 서 있다는 사실이었다. 광물 층 위에 존재하는 몽상은 기적이다. 그러고 보니 다른 몽상 하나가 떠오른다….

한번은 빽빽한 모래사막에 불시착해 동이 트기를 기다리고 있었다. 황금빛 모래언덕들이 밝은 사면을 달에게 내보이고 있었고, 그 이면에는 그림자가 드리워져 있었다. 그림자와 달빛으로 이루어진 이 황량한 작업장에는 잠시 중단된 노동의 평화뿐 아니라 함정 같은 침묵이 짙게 서려 있었는데, 나는 그 침묵 한가운데에서 잠이 들었다.

잠에서 깨었을 때, 오로지 밤하늘만 눈에 들어왔다. 십자로 팔짱을 끼고 별들의 양식장을 마주한 채 언덕 꼭대기에 누워 있었기 때문이다. 그 심연과 나 사이에 몸을 지탱할 나무뿌리도 지붕도 나뭇가지도 하나 없었기에, 나는 끈에서 풀려나 마음껏 떨어져 내리는 잠수부처럼 깊이를 가늠하지 못하고 현기증에 사로잡혔다.

하지만 나는 조금도 떨어져 내리지 않았다. 목덜미부터 발뒤꿈치까지 대지에 묶여 있었으니까. 대지에 나의 무게를 내맡긴다는 데 일종의 안도감을 느꼈다. 중력이 마치 사랑처럼 지상 최고의 가치로 다가왔다.

대지가 내 허리를 떠받치고 나를 들어 올려 밤의 우주 속으로 데려간다고 느꼈다. 마차가 급회전을 할 때 밀려나가는 힘과 비슷한 힘으로 내가 지구에 달라붙어 있음을 알게 되었다. 나는 나를 멋지게 떠받쳐주는 힘, 그 견고함과 안정감을 맛보면서, 내가 타고 있는 배의 갑판이 이루는 곡선을 몸 아래로 느꼈다.

내가 실려 가고 있다는 사실을 똑똑히 의식했기에,

자재들이 힘겹게 다시 끼워 맞추어지며 내는 탄식과 오래된 범선이 기울어지며 내는 신음, 거룻배가 역풍을 받으며 내는 날카롭고 긴 비명이 땅속 깊은 곳으로부터 들려온다 해도 놀랍지 않았으리라. 하지만 대지의 깊숙한 곳에서는 침묵만 이어졌다. 그래도 일정하고 조화롭게 밀어붙이는 그 힘이 내 어깨에 계속 작용하고 있었다. 납덩이에 매달려 가라앉은 갤리선 도형수의 시신이 바다 밑바닥에 있듯 나는 진정 이 행성에 살고 있었다.

내가 처한 상황에 대해 깊이 생각해보았다. 나는 사막에서 길을 잃고 모래와 별들 사이에서 벌거벗은 채 지나친 정적으로 인해 내 삶의 중심에서 멀어져 위협받고 있었다. 만일 그 어떤 비행기도 나를 찾아내지 못하고 무어인들이 나를 무참히 죽이지 않는다면, 삶의 중심으로 되돌아가기 위해 몇 날, 몇 주, 몇 달을 보내야 할 것이었다. 여기 있는 나는 아무것도 가진 것이 없었다. 나는 오로지 감미로운 호흡만을 의식하면서 모래와 별들 사이에서 헤매다 죽을 존재에 불과했다….

그럼에도 불구하고, 문득 나는 내 마음속에 꿈이 가득하다는 사실을 깨달았다.

이 꿈들은 샘물처럼 소리 없이 다가왔고, 처음에 나는 마음속에 가득 차오르는 이 그윽한 느낌을 이해할 수 없었다. 거기에는 목소리도 형체도 없었다. 하지만 어떤 존재감, 아주 친근한 느낌이 있었다. 그러다가 나는 깨달았고, 눈을 감은 채 환희에 찬 기억 속으로 빠져들었다.

어디엔가 검은 전나무와 보리수를 잔뜩 심어놓은 공원, 그리고 내가 좋아하던 오래된 집이 한 채 있었다. 꿈에 불과한 그 집이 멀리 있건 가까이 있건, 나를 따뜻하게 해주거나 나를 맞아들일 수 없다는 사실 따위는 상관없었다. 그 집은 나의 밤을 채워주는 존재감만으로 충분했으니까. 나는 더 이상 모래 위에 불시착한 육신이 아니었다. 나는 이제 내가 어디에 있는지 알고 있었다. 나는 그 집의 냄새가 밴 추억으로 꽉 차 있고, 현관의 서늘함을 한껏 느끼며, 생기 있는 목소리로 가득한 그 집의 어린아이였다. 심지어 늪에서 노래하던 개구리들의 울음소리마저 나를 찾아 이곳까지 왔다. 내게는 이런 무수한 지표들이 필요했다. 내가 누구인지 알기 위해서, 무엇이 부족하기에 사막에서 이런 느낌을 받는지 알아내기 위해서, 개구리들마저 침묵하는 이 짙고 짙은 고요함에서 그 어떤 의미를 찾아내기 위해서 말이다.

나는 이제 더 이상 모래와 별들 사이에 사는 것이 아니었다. 이곳의 풍광으로부터 나는 오로지 차가운 메시지만 받을 뿐이었다. 이 풍광에서 나오는 것이라 믿은 그 영원의 맛이 어디에 뿌리를 두고 있는지 그제야 나는 깨달았다. 집에 있던 근엄하고 커다란 장롱이 떠올랐다. 빠끔히 열린 장롱 문틈으로 눈처럼 하얀 침대 시트가 쌓인 게 보였다. 나이 든 하녀는 이 장롱 저 장롱으로 생쥐처럼 종종거리고 다니면서 몇 번이나 새하얀 침구를 펴보고 접고 세어보았다. 그러다가 천이 헤진 흔적이라도 보일라 치면 집안의 영속성이 위협받기라도 한 듯 "아! 세상에, 이런 불행한 일이"라고 외치며 등잔으로 쪼르르 달려갔다. 그리고 등불 밑에서 그 신성한 천을 올올이 꿰매고 세 돛 달린 범선의 돛들을 기우면서, 자기보다 더 위대한 어떤 존재인 그 신 또는 배를 섬겼다.

아! 당신을 위해 한 페이지만 더 글을 써야겠다. 내

가 처음 비행을 떠나던 즈음 비행을 마치고 돌아올 때면, 당신은 무릎까지 하얀 천에 파묻혀 손에 바늘을 들고 있었지. 매해 조금 더 주름지고 조금 더 창백해진 모습으로 당신은 우리의 잠자리를 위해 그 구김살 없는 시트들과 우리의 저녁 식사를 위해 바느질 자국도 보이지 않는 식탁보들을, 그 화려한 크리스털 그릇과 등불을 손수 준비하고 있었지. 나는 당신을 감동시키려고 세탁실로 찾아가 당신과 마주 앉아서, 당신이 세상에 눈을 뜨고 타락하도록 죽을 뻔한 일들을 이야기해주었지. 그러면 당신은 이렇게 말했지. 내가 하나도 변하지 않았다고. 나는 어렸을 때부터 셔츠에 구멍을 내곤 했다며. - 아! 이런 불행한 일이 있나! - 또 나는 무릎에도 상처를 입곤 했다며. 그럴 때면 오늘 저녁처럼 집으로 돌아와 붕대를 감아달라고 했다지. 그런데 아니라니까요, 미스! 나는 지금 정원 한구석이 아니라, 세상 저 끝에서 돌아온 거라고요. 쓰라린 고독의 내음과 사막의 회오리바람, 열대지방의 눈부신 달빛을 가져왔다니까요! 그러면 당신은 이렇게 대꾸했지. 물론 사내아이들은 뛰어다니고 뼈까지 부러져가면서 자기가 아주 힘이 세다고 생각하는 법이라고. 하지만 아니에요, 아니라고요, 미스, 나는 그 정원보다 더 멀리 보고 왔어요! 나무 그늘 같은 건 아무것도 아니라고요! 그건 모래와 화강암, 처녀림, 대지의 늪 사이에서는 없는 거나 마찬가지죠. 누군가 당신을 만나면 당장 총을 겨누는 그런 곳이 있다는 사실을 당신은 알까요? 싸늘한 밤에 지붕도 없이 잠을 자는 사막이 있다는 사실을 알아요? 침대도 시트도 없이 말이죠….

그러면 당신은, 아! 야만스러워라, 라고 말했지.

나는 성당 하녀의 신앙심은 흔들 수 있었을지 몰라도, 그녀의 믿음만은 흔들지 못했다. 그러면 그녀를 눈멀고 귀먹게 한 그녀의 가련한 운명을 딱하게 여기곤 했다….

하지만 나는 그날 밤 사하라 사막의 모래와 별들 사이에 벌거벗은 채 누워, 그녀에 대한 내 생각을 바로잡았다.

내게 무슨 일이 벌어지는 건지 모르겠다. 자기를 띤 그토록 많은 별들이 그 무게로 나를 땅에 묶어둔다. 한편 또 다른 중력이 나를 나 자신으로 되돌아오게 한다. 나의 무게가 무수한 것들을 향해 나를 끌어당기는 것이 느껴지는 것이다! 나의 꿈은 저 모래언덕, 저 달, 저 존재들보다 더 현실적이다. 아아! 집이 근사한 이유는 당신을 보호해주거나 당신을 따뜻하게 해주기 때문도, 담장이 있기 때문도 아니다. 그건 바로, 집이 자기가 간직한 감미로움이라는 식량을 우리 마음속에 차곡차곡 쌓아주었기 때문이다. 그건 바로, 집이 마음속 깊은 곳에서 꿈이 샘물처럼 솟아나 탄생하는 미지의 숲을 이루고 있기 때문이다….

사하라여, 나의 사하라여, 실을 잣는 여인으로 인해 네가 완전히 마법에 걸렸구나!

제5장

오아시스

✽

　이미 사막에 대해서는 많이 이야기했으니, 오아시
스를 좀 묘사해보았으면 한다. 지금 떠오르는 오아시
스는 사하라 사막의 저 깊숙한 곳에 숨어 있지 않다.
비행기가 이룬 기적 가운데 하나는, 사람을 신비의
한복판에 떨궈놓는다는 점이다. 당신은 비행기 창문
을 통해서 개미집 같은 인간 군락을 연구하는 생물학
도였다. 별 모양으로 펼쳐진 도로가 동맥처럼 도시와

들판에 수액을 공급하는 가운데, 당신은 평원에 자리 잡은 그 도시들을 메마른 가슴으로 주시했다. 그런데 압력계 바늘 하나가 진동했고, 저 아래 초록 풀숲이 우주가 되어버렸다. 이제 당신은 잠든 공원 잔디밭의 포로가 된 것이다.

떨어져 있음이 단순히 거리로 측정되는 것은 아니다. 우리 집 정원 벽이 중국의 만리장성보다 더 많은 비밀을 감추고 있을 수 있고, 두터운 모래나 사하라 사막의 오아시스보다 침묵이 어린 소녀의 영혼을 더 잘 보호해준다.

이 세상 어디엔가 잠깐 착륙했던 이야기를 하겠다. 아르헨티나 콩코르디아* 근처에서 겪은 일이었지만, 이건 다른 어떤 곳에서도 생길 수 있는 일이었다. 신비는 이런 식으로 도처에 퍼져 있으니까.

어느 들판에 착륙했는데, 그때만 해도 내가 동화 같은 경험을 하리라고는 상상도 못했다. 내가 탄 그 낡은 포드 자동차나 나를 데리러 온 그 조용한 부부

---

* 콩코르디아Concordia. 아르헨티나 남동부 엔트레리오스 주에 위치한 도시. 우루과이 국경과 가까운 지점에 위치한다.

는 평범하기 그지없었다.

"오늘 밤 저희 집에 묵어가시죠…"

길모퉁이를 돌아가자 나무들이 밝은 달빛을 받으며 늘어서 있었고, 나무 뒤에 집이 있었다. 그런데 얼마나 이상한 집이던지! 크지는 않지만 다부지고 견고해서 요새를 연상케 했다. 그리고 안으로 들어서자마자 그 집은 수도원만큼이나 평화롭고 안전한 피난처인 전설 속의 성이 되었다.

이때 두 소녀가 등장했다. 소녀들은 심각한 표정으로 내 얼굴을 빤히 바라보았다. 금지된 왕국의 문턱을 지키는 두 명의 판관 같았다. 그러다 동생이 입을 뾰족 내밀며 초록색 나무 막대기로 땅을 두드렸다. 그러더니 인사를 한 후, 한 마디 말도 없이 묘하게 도전적인 표정을 지으며 손을 내밀었다가 이내 사라져 버렸다.

나는 즐거웠고 또 매료당했다. 이 모든 것이 마치 어떤 비밀의 첫 단어처럼 소박하고 은밀했다.

"저런, 저런! 애들 사교성이 좀 떨어집니다." 아버지가 짤막히 말했다.

그리고 우리는 안으로 들어갔다.

파라과이의 수도를 방문했을 때, 그곳에 깔린 포석 사이로 코를 비죽이 내밀던 그 얄궂은 잡초가 참 좋았다. 보이지는 않지만 분명히 존재하는 밀림의 부탁을 받고서, 사람들이 아직도 도시를 장악하고 있는지, 도시의 포석들을 온통 뒤집어엎어 줄 시기가 온 것은 아닌지 염탐하러 온 것이다. 나는 이런 황폐한 상태가 좋았다. 이는 지나친 풍요로움이 달리 표현된 것일 뿐이었다. 하지만 지금 이 집에서 나는 경탄하고 말았다.

모든 것이 낡았는데, 오래되어 메마르고 갈라진 이끼로 뒤덮인 늙은 나무나 수십 세기 전부터 연인들이 앉았던 나무 벤치가 그러하듯 그 모습이 사랑스러웠던 것이다. 내장재는 닳았고 문짝은 부식되어 있었으며 의자는 건들거렸다. 이렇게 아무것도 수리하지 않으면서 청소는 참 열심히도 해놓았다. 모든 것이 깔끔했고, 왁스칠을 잘 해서 반들반들 윤이 났다.

응접실은 주름살이 잡힌 노파의 얼굴처럼 강렬했다. 금이 간 벽이며, 찢겨나간 천장과 같은 것들이 다

경탄스러웠는데, 특히 밧줄 다리처럼 여기저기 부서지고 덜컹거렸지만 싹싹 문질러 닦고 왁스칠을 해서 광택이 나는 마룻바닥이었다. 기묘한 이 집은 소홀함이나 태만함이 아니라 존중심을 불러일으켰다. 한 해가 갈 때마다 그 매력에, 그 복잡한 모습에, 그 친절한 분위기에 담긴 온기에 무언가가 덧붙여지는 것이 틀림없었다. 응접실에서 식당으로 건너갈 때에 감수해야 하는 위험이 점점 커져가듯 말이다.

"조심하세요!"

구멍이 하나 뚫려 있었다. 집주인은 이런 구멍에 빠지면 다리가 부러질 수도 있다고 일러주었다. 그 구멍은 누가 일부러 뚫어놓은 것이 아니었다. 그저 세월의 작품이었다. 그 구멍은 변명 따위는 싹 무시하는 지체 높은 귀족이나 군주의 모습을 하고 있었다. 그 누구도 내게 이렇게 말하지 않았다. "저 구멍을 모조리 막을 수도 있겠지요. 우리는 부자니까요. 하지만…" 또 사실대로 이렇게 말하지도 않았다. "이 집은 시에서 30년 기한으로 임대한 집이죠. 그러니 시에서 수리를 해줘야죠. 그런데 양쪽에서 모두 고집을 부리다 보니…" 여기에서 이런 해명 따위는 싹 무시되었는데, 나는 그토록 여유 만만한 태도에 매료되었다. 기껏해 야 집주인 내외는 내게 이렇게 말했을 뿐이다.

"어, 저런! 집이 좀 낡았죠…"

그런데 이 말의 어조가 어찌나 경쾌하던지, 이 사람들이 지금 상황을 별로 속상해하는 것 같지도 않았다. 벽돌공과 목수, 가구세공인, 미장이가 몰려와서 이런 과거 속에다 그 불경한 연장들을 늘어놓고, 단 일주일 만에 당신이 전혀 알아보지 못할 집, 마치 남의 집에 온 것처럼 느낄 그런 집을 만들어놓는 일을 당신은 상상이나 할 수 있는가? 신비로움이 없는 집, 비밀스러운 구석이나 발밑의 함정이 없는 집, 지하방이 없는 집이란 일종의 시청 대기실이 아니고 무엇이겠는가?

은신처가 가득한 그 집에서 두 소녀가 사라진 것은 너무도 당연한 일이었다. 응접실이 이미 다락방처럼 보물로 가득했으니, 실제 다락방은 어떨까! 누런 편지 묶음과 증조할아버지가 받아놓은 영수증, 집에 있는 자물쇠 수보다 더 많은 열쇠들, 그래서 그 어떤 자물쇠에도 더 이상 맞지 않을 열쇠들이 빠끔 열린 벽장 문틈에서 쏟아져 나오는 모습이 벌써부터 짐작되었다. 이성을 마비시키면서 지하 창고나 거기에 숨겨진 보물 상자, 옛 금화를 꿈꾸게 만드는 이 놀랍도록 쓸모없는 열쇠들 말이다.

"식사하러 가시죠?"

우리는 식사를 하러 갔다. 이 방에서 저 방을 지나며 나는 이곳에 향처럼 퍼져 있는 내음, 세상의 그 어떤 향수보다 값진 오래된 서재의 내음을 들이켰다. 특히 램프를 들고 다니는 것이 마음에 들었다. 내가 아주 어렸을 때처럼 묵직한 진짜 램프들을 이 방에서 저 방으로 옮겼는데, 그러면 벽에 멋들어진 그림자가 어른거렸다. 우리는 램프 속에다 불꽃과 검은 종려나무로 이루어진 다발을 피워 올렸다. 그런 다음 등불이 자리를 잘 잡으면, 넓은 빛 자락과 그 주위를 감싼 광대한 밤 저장고가 더 이상 움직이지 않았고, 어둠 속에서 나무만이 삐걱거렸다.

두 소녀는 사라졌던 때처럼 참으로 신비롭고도 조용히 나타나더니 엄숙하게 식탁에 자리를 잡고 앉았다. 분명, 개와 새들에게 먹이를 주고, 밝은 밤에 창문을 열어놓고, 밤바람에 실려 오는 풀 냄새를 맡았으리라. 이제는 냅킨을 펼치며 곁눈질로 나를 주시하면서, 자기네 친한 동물 무리에 나를 끼워줄지 아닐지를 가늠하고 있었다. 이 소녀들에게는 이구아나 한 마리, 몽구스 한 마리, 여우 한 마리, 원숭이 한 마리, 또 벌들이 있었다. 이 모든 존재들이 뒤죽박죽 섞여 참으로 화목하게 지내면서 새로운 지상낙원을 이루고 있었다. 소녀들은 이 모든 창조물 위에 군림하며 그 작은 손으로 동물들을 쓰다듬고 먹이를 주고 물을 주고 이야기를 들려주었는데, 몽구스부터 벌들에 이르기까지 모두 이 이야기에 귀를 기울였다.

이토록 생기 넘치는 두 소녀가 비판력과 통찰력을 한껏 발휘하여 앞에 있는 남자에 대해 재빠르고 은밀하며 결정적인 평결을 내리리라는 사실을 나는 잘 알고 있었다. 어린 시절, 나의 누이들도 처음 우리 집에 온 손님들에게 이런 식으로 점수를 매기곤 했다. 그러다 대화가 잠잠해지면 느닷없이 "11*!"이라는 소

---

* 프랑스 학교에서는 20점을 만점으로 한다.

120

리가 울려 퍼졌는데, 그 자리에서 이 말의 매력을 음미한 것은 나와 누이들뿐이었다.

이런 놀이를 경험한 적이 있기에 나는 조금 거북했다. 게다가 심사위원들의 조예가 너무 깊은 것 같아서 더욱 불편했다. 속임수를 쓰는 짐승과 순진한 짐승을 구분할 줄 알고, 여우 발소리를 듣고서 지금 여우한테 다가가도 될지 가늠할 줄 알았으며, 사람 마음의 움직임에 대해서도 깊은 지식을 갖춘 심판자들이었다.

나는 그 예리한 눈망울과 그 반듯한 작은 영혼들이 마음에 들었지만, 그 아이들이 놀이를 바꾸기를 간절히 바랐다. 그러면서도 나는 "11"이란 말이 나올까 두려워서 아이들에게 소금을 건네주고 포도주를 따라주었는데, 그러다 고개를 들면 매수당하지 않는 판사들의 부드러운 근엄함을 다시 발견하곤 했다.

아부도 별 소용이 없었을 것이다. 이 아이들은 허영이라는 것을 몰랐으니까. 허영은 몰랐지만 아름다운 자부심을 지니고 있었고, 내가 감히 그 아이들에게 말해주려고 했던 것보다 자기 자신에 대해 더욱 좋은 생각을 지니고 있었다. 나는 내 직업을 들먹여 볼 생각은 감히 해보지도 못했다. 비행사라는 직업보다는 둥지의 아기 새들이 잘 자라고 있는지를 살펴보고 인사를 건네기 위해 플라타너스 나무 꼭대기까지 기어 올라가는 일이 훨씬 더 대담한 행동이었으니까.

묵묵한 두 요정이 식사하는 내내 나를 감시하고 있었기에, 나는 그 아이들의 은밀한 시선과 너무도 자주 마주쳤고 그래서 말하기를 멈추었다. 침묵이 흐르는 가운데 무언가 마루 위에서 가벼운 휘파람 같은 희미한 소리를 내며 바스락거리더니 잠잠해졌다. 나는 궁금하다는 듯 고개를 들었다. 그랬더니 막내딸이 시험 대상을 이미 만족스럽게 여기는 것이 분명했지만 그래도 마지막 시금석을 사용해보느라, 그 어리고 잔인한 치아로 빵을 베어 물으며 설명해주었다. 만에 하나 내가 야만인일 경우, 이 말에 경악하기를 바라며 천연덕스럽게 말이다.

"살모사예요."

그러더니 아주 심한 멍청이만 아니라면 누구든 이 설명에 만족해야 당연하다는 듯 소녀는 입을 다물었다. 언니는 나의 첫 반응을 보려고 재빨리 내게 시선을 던졌고, 이내 두 소녀는 그 더없이 부드럽고 천진한 얼굴을 수그려 자기 접시를 바라보았다.

"아…! 살모사라고…"

나도 모르게 이런 말이 튀어나왔다. 그것이 내 다리로 미끄러져 들어와 장딴지를 스쳤었다. 그런데 그게 살모사였다고…

하지만 다행히도 나는 미소를 지어 보였다. 그것도 거리낌 없는 미소였고 아이들도 그걸 잘 느꼈다. 나는 즐거웠기 때문에, 시시각각 이 집이 좋아졌기 때문에 미소를 지었다. 또 그건 살모사에 대해 더 알고 싶은 욕망을 느꼈기 때문이기도 했다. 맏딸이 나를 도와주었다.

"식탁 밑에 난 구멍 안에 둥지가 있어요."

"밤 열 시쯤에 돌아와요." 동생이 덧붙였다. "낮에는 사냥을 하고요."

이번에는 내가 소녀들을 슬쩍 훔쳐보았다. 그 평온한 얼굴 뒤에 자리한 그들의 섬세함과 조용한 미소를. 그리고 그 아이들이 발휘하는 지배력에 탄복

했다….

오늘, 나는 꿈을 꾼다. 이 모든 것이 참으로 먼 옛일이다. 그 두 요정은 어떻게 되었을까? 아마도 결혼을 했겠지. 그렇다면 변했을까? 소녀에서 여자가 되는 것은 참으로 중대한 일이다. 그들은 새 집에서 무엇을 하고 있을까? 미친 듯 돋은 잡풀과 뱀들과의 관계는 어떻게 되었을까? 그 소녀들은 우주적인 무언가에 한데 엮여 있었다. 하지만 소녀 안에서 여인이눈 뜨는 날이 오게 마련이다. 그러다가 19점을 줄 남자를 만나기를 꿈꾼다. 19라는 숫자가 마음속에 묵직하게 자리 잡는다. 이때 어떤 멍청이가 나타난다. 그러면 그토록 예리한 눈이 난생 처음 속아 넘어가서 그 멍청한 놈이 아름다운 빛깔로 환히 빛나 보인다. 그 멍청이가 시라도 몇 소절 읊으면 그를 시인으로 여긴다. 그리고 그가 구멍 난 마루를 이해한다고, 몽구스를 좋아한다고 믿는다. 식탁 밑에서 허리를 흔들어대며 다리 사이로 지나가는 살모사를 믿는 일이 그 멍청이를 우쭐하게 만들 거라 생각한다. 그리고 잘 다듬어진 정원만 좋아하는 그 남자에게 야생의 정원

인 소녀의 마음을 내준다. 그러면 그 멍청이는 공주
를 노예로 삼아 데려가버린다.

제6장

사막에서

✳

1

사하라 사막의 조종사인 우리가 이 보루에서 저 보루
로 비행하다가 모래의 포로가 되어 몇 주, 몇 달, 몇 년
동안 돌아오지 못할 때면, 이러한 부드러움은 우리에게
금지된 것이었다. 사하라 사막에는 이런 오아시스가 없
었다. 정원과 소녀들이라니, 이 무슨 전설 같은 이야기
란 말인가! 물론 임무를 완수하고 나면 돌아가게 될 저
머나먼 곳에서는 무수한 소녀들이 우리를 기다리고 있

었다. 당연히 그곳에서는 소녀들이 몽구스와 책들 사이에서 참을성 있게 감미로운 영혼을 키워가고 있었다. 당연히 그 소녀들은 나날이 아름다워져갔다….

하지만 나는 고독이 무엇인지 안다. 사막에서 보낸 3년 동안 그 느낌을 잘 알게 되었다. 그곳의 광물성 풍광 속에서 젊음이 마모되는 것은 하나도 두렵지 않다. 대신, 자신과 멀리 떨어진 곳에 있는 세상 전체가 늙어간다. 나무는 이미 열매를 만들어냈고, 땅은 이미 자신의 밀을 뽑아냈고, 여자들은 이미 아름다워져 있었다. 계절이 계속 흐르니 서둘러 집으로 돌아가야 했다… 그런데 계절은 계속 지나가건만 우리는 먼 곳에 붙들려 있다… 그리고 대지에서 거둔 보물은 모래언덕의 고운 모래알처럼 손가락 사이로 스르르 빠져나가고 있다.

사람은 보통 시간의 흐름을 느끼지 못한다. 인간은 잠정적인 평화 속에서 살아간다. 하지만 비행장에 도착해서 끊임없이 불어오는 무역풍이 우리를 짓누를 때면 우리는 비로소 시간의 흐름을 느낀다. 우리는 차축 소리 가득한 야간 급행열차를 탄 승객을 닮아 있었다. 그 사람은 기차를 타고 있기에 시골 풍경, 자신의 마을, 황홀한 영토 그 어느 것 하나 붙들 수 없음을, 차창 너머 몇 줌의 불빛이 흩날리는 것을 보고서 짐작한다. 우리 역시 가벼운 열기에 들떠 귓전에 바람 소리가 윙윙 울리 때면, 고요한 비행장에서도 여전히 비행하고 있는 것처럼 느꼈다. 우리 역시 심장의 두근거림을 통해 훅 불어오는 바람결 너머 낯선 미래로 휩쓸려가는 자신을 발견했다.

그런 사막에 반군 세력까지 생겼다. 쥐비 곶의 밤은 마치 괘종시계의 종이 울리듯 15분마다 끊겼다. 보초들이 규정에 따른 구호를 큰 소리로 외치며 경계근무를 했기 때문이다. 반군 지역 한복판에 자리 잡은 쥐비 곶의 스페인 요새는 얼굴을 절대 드러내지 않는 위협에 대항해 이런 식으로 스스로를 방어하고 있었다. 이 눈 먼 배의 승객인 우리는 보초들의 구호가 차츰 커지며 우리 위쪽으로 바닷새의 궤적을 그리는 소리에 귀를 기울였다.

그럼에도 불구하고 우리는 사막을 사랑했다.

처음에는 사막이 텅 비고 고요하게만 보이는 것은,

사막이 하룻밤 연인들에게 결코 자신을 내어주지 않기 때문이다. 우리 고국의 소박한 마을조차 우리 손을 벗어나기 마련이다. 그러니 사막을 위해 나머지 세상을 포기하지 않으면, 사막의 전통, 관습, 그 경쟁관계 속으로 들어가지 않으면, 누군가에게는 조국인 그곳에 대해서 우리는 아무것도 알 수 없다. 우리 바로 옆 수도원에 틀어박혀서 우리가 알지 못하는 규율에 따라 사는 사람이 있다고 해보자. 그 사람은 티베트 수도승과 같은 고독에서, 그 어떤 비행기도 우리를 내려놓지 못할 만큼 멀리 떨어진 곳에서 진정 자신의 모습을 드러낸다. 그 사람의 방에 가보면 무엇이 있을까! 그 방은 텅 비어 있다. 인간의 왕국은 내면에 존재한다. 이처럼 사막은 모래로 이루어진 것도 아니고, 투아레그족이나 소총으로 무장한 무어족으로 이루어진 것도 아니다….

그런데 오늘 우리는 갈증을 느꼈다. 그러자 익히 알고 있던 그 우물이 멀리까지 빛을 발한다는 사실을 오늘에야 깨닫는다. 보이지 않는 여인이 이런 식으로 집 전체를 매력적으로 만들 수 있다. 우물도 사랑처럼 멀리 퍼져 나간다.

사막은 처음에는 황량하다. 그러다가 아랍인 무장 세력의 습격을 두려워하며 사막에서 그들이 뒤집어쓴 널찍한 외투자락의 주름을 읽어내는 날이 온다. 이렇게 반군들 역시 사막을 변모시킨다.

우리는 경기의 규칙을 받아들였고, 경기는 자기 모습에 맞추어 우리를 만들어간다. 사하라 사막이 그 모습을 드러내는 것은 우리 마음속에서다. 사막에 다가간다는 것은 단순히 오아시스를 찾아가는 것이 아니라, 샘물을 우리의 종교로 만드는 것이다.

2

나는 첫 비행에서 이미 사막의 맛을 느꼈다. 리겔과 기요메와 내가 누악쇼트* 요새 근방에 불시착한 적이

---

* 누악쇼트Nouatchott. 모리타니의 수도이자 사하라 사막에서 가장 큰 도시. 대서양 기슭에 위치한다.

있다. 그 당시 모리타니에 있는 그 작은 기지는 바다 한복판에 있는 작은 섬만큼이나 모든 삶으로부터 고립되어 있었다. 그곳에서는 나이 든 중사 하나가 세네갈 병사 열다섯 명과 함께 쓸쓸히 지내고 있었다. 그는 하늘이 보낸 사자라도 되듯 우리를 맞이했다.

"아! 여러분과 이야기를 나누고 있으니 이것 참 감동스럽네요… 아! 감동스러워요!"

그는 정말 감동했나 보다. 눈물까지 흘렸다.

"여섯 달 동안 당신들이 처음입니다. 여섯 달마다 보급이 오지요. 어떤 때는 중위가 오고 어떤 때에는 대위가 와요. 지난번에는 대위가 왔었죠…"

그때까지도 우리는 어리둥절해 있었다. 점심 식사를 하려고 예정한 다카르를 고작 두 시간 남겨둔 거리에서 연접봉이 파열되어 목적지를 바꾸었던 것이다. 그런데 이제 우리는 눈물을 흘리는 중사 앞에서 유령 노릇을 하고 있었다.

"아! 한 잔 드십시오. 포도주를 대접할 수 있다니 얼마나 좋은지 모르겠습니다! 생각해보십쇼! 대위가 다녀갔을 때에는 포도주가 떨어져서 대접도 못했지요."

나는 이 이야기를 어떤 책에 쓴 적이 있는데, 절대로 꾸며낸 이야기가 아니었다. 그는 우리에게 이렇게 말했다.

"지난번에는 건배도 못했지 뭡니까… 어찌나 창피하던지 전근 신청까지 했었지요."

건배라! 땀을 줄줄 흘리며 단봉낙타에서 풀쩍 뛰어내린 누군가와 시원스레 건배하는 일! 바로 그 순간을 위해 여섯 달을 살아온 것이다. 벌써 한 달 전부터 무기를 닦아 광을 내고 지하 창고부터 다락방까지 구석구석 청소했다. 그리고 며칠 전부터 축복받은 그날이 다가옴을 느끼고 옥상에 올라가서 지칠 줄 모르고 지평선을 감시하고 있었다. 아타르* 기동 전투부대가 나타날 때 뿌옇게 휘날릴 그 먼지를 기다리면서….

그런데 포도주가 떨어져서 축배를 들 수 없다. 건배를 못하는 것이다. 그러자 이를 불명예로 여긴다….

"대위님이 빨리 왔으면 좋겠네요. 기다리고 있거든요…"

* 아타르Atar. 모리타니의 북서부에 위치한 도시.

"대위님이 어디 계십니까?"

그러자 중사는 사막을 가리키며,

"그야 모르지요. 대위님은 어디든 계시니까요!"

보루 위에서 별에 대해 이야기하며 보낸 그날 밤 이야기도 실제로 있었던 일이다. 별 말고는 감시할 것이 하나도 없었다. 비행기에서 볼 때처럼 별이 가득했다. 단, 별들은 움직이지 않고 고정되어 있었다.

비행 중, 밤이 너무 아름다울 때면 비행기에 몸을 맡긴 채 거의 조종을 하지 않는데, 그러면 기체가 조금씩 왼쪽으로 기울어진다. 기체가 수평을 유지하고 있다고 생각하고 있는데 별안간 오른쪽 날개 밑으로 어떤 마을이 보인다. 사막에 마을이 있을 리가 없는데 말이다. 그렇다면 어선의 무리인가. 하지만 사하라 사막 쪽 먼 바다에는 어선이 있을 리가 없다. 그렇다면 뭐지? 그러다 착각한 것을 깨닫고 미소를 짓는다. 그리고 가만히 기체를 바로잡는다. 그러면 마을은 제자리를 찾는다. 놓쳤던 별자리를 다시 제자리에 걸어놓는 것이다.

마을? 그랬다. 별들의 마을이었다. 하지만 보루 위

에서 본 그 마을은 얼어붙은 사막, 움직이지 않는 모래파도일 뿐이었다. 별자리들도 단단히 고정되어 있었다. 중사는 우리에게 그 별자리들에 대해 이야기했다.

"보세요! 제가 방향을 얼마나 잘 아는지… 저 별을 향해 가면 곧장 튀니스*가 나오지요!"

"튀니스 출신이신가요?"

"아뇨. 제 사촌 누이가요."

긴 침묵이 흐른다. 하지만 중사는 우리에게 무엇 하나 감추지 못했다.

"언젠가는 튀니스로 갈 겁니다."

물론 저 별을 향해 곧장 걸어가는 길 말고 다른 길로 갈 것이다. 원정을 떠난 어느 날, 그가 바짝 말라버린 우물을 만나 광기에 빠지지 않는다면 말이다. 그렇게 되면 별과 사촌 여동생과 튀니스가 한데 뒤섞이겠지. 그러면 영감으로 가득한 행군이 시작될 것이다. 무지한 이들에게는 고통스럽게 여겨지는 그 행군이.

"한번은 대위님께 튀니스로 외출허가를 신청했죠. 사촌 누이 문제로요. 그런데 대위님이 대답하시길…"

* 튀니스 Tunis. 튀니지의 수도. 튀니지 북부 지중해 만에 위치한다

137

"대답하시길?"

"그분이 이렇게 대답하셨죠. 세상엔 사촌 여동생이 허다한 법일세. 그러면서 좀 더 가까운 다카르로 보내 주셨지요."

"예뻤나요, 사촌 누이가?"

"튀니스 사촌이요? 물론 예뻤죠. 금발이었어요."

"아니, 다카르 누이 말이오."

중사여, 우리는 분노까지 띠며 침울해진 당신의 대답을 듣고서 당신 볼에 입을 맞출 뻔했지.

"그 누이는 흑인이었죠…"

중사여, 그대에게 사하라는 무엇이었나? 당신을 향해 끊임없이 걸어오는 신이었다. 또 5000킬로미터 모래 너머에 있는 금발 사촌 누이의 다정함이었다.

사막은 우리에게 무엇이었을까? 그건 우리 마음속에서 생겨나는 무엇이었다. 우리 자신에 대해 알게 되는 그 무엇. 그날 밤, 우리 역시 어느 사촌 누이와 대위를 사랑하게 되었다.

3

반군 지대 변두리에 위치한 포르테티엔*은 도시가 아니다. 거기에는 요새와 격납고, 승무원을 위한 나무 막사가 한 채 있을 뿐이다. 주변 사막이 너무도 황량해서 병력이 빈약했음에도 불구하고 포르테티엔은 난공불락의 요새다. 그곳을 공격하려면 광활한 모래와 폭염 지대를 통과해야 했으니, 아랍인 무장 습격대가 공격해 온다 해도 비축해둔 물과 기력이 다 떨어져서야 그곳에 도착할 수 있다. 하지만 늘 북쪽 어딘가에는 포르테티엔을 향해 이동해 오는 무장 습격대가 있어왔다. 총독대위가 우리 머무는 곳으로 차를 한 잔마시러 올 때마다, 마치 아름다운 공주의 전설을 이야기하듯 그 무장 습격대원들이 걸어간 길을 지도에서 보여주곤 한다. 하지만 이 무장 습격대는 모래에 흡수되어버린 강물처럼 이곳에까지 도착하는 일이 결코 없다. 그래서 우리는 그를 유령 습격대라고 부른다. 저녁이면, 정부로부터 보급받은 수류탄과 소총 실탄이

* 포르테티엔Port-Etienne. 모리타니에서 두 번째로 큰 도시인 누아디부 Nouadhibou를 프랑스 식민지 시대에 부르던 이름.

상자에 그대로 담긴 채 우리 침대 발치에서 잠을 잔다. 우리는 무엇보다 우리 자신의 궁색함에 의해 보호받고 있기에, 침묵 이외의 다른 적에 맞서 싸울 일이 전혀 없다. 공항 소장 뤼카는 삶으로부터 그토록 멀리 떨어져 있는 우리에게 그 의미를 반쯤 잃어버린 언어로 말을 건네는 축음기를 밤낮으로 틀어대고, 이는 묘하게도 갈증을 닮은 막막한 우울함을 불러일으킨다.

그날 저녁, 요새에서 함께 저녁 식사를 하면서 총독대위는 우리에게 자신의 정원을 보여주었다. 프랑스에서 보내온 진짜 흙이 가득 담긴 상자 세 개로, 그 상자들은 4000킬로미터를 횡단해 여기 와 있었다. 상자에는 초록 잎사귀 세 장이 자라고 있고, 우리는 그것이 보석이나 되듯 부드럽게 어루만진다. 대위는 상자를 보며 이렇게 말한다. "이게 내 공원이지요." 그리고 모든 것을 바싹 말려버리는 모래바람이 불어오면 우리는 그 공원을 지하실에 내려다놓는다.

우리는 요새에서 1킬로미터 떨어진 곳에서 산다. 저녁 식사를 마치면 우리는 밝은 달빛을 받으며 숙소로 돌아온다. 달빛 아래의 모래는 장밋빛이다. 우리는 빈궁하다고 느끼지만, 그래도 모래는 장밋빛이다. 그러다 보초의 외침으로 이 세상은 다시 비장해진다. 아랍인 습격대원 한 사람이 어딘가에서 걸어가고 있다는 이유로, 사하라 사막 전체가 우리 그림자에 떨며 우리에게 암호를 묻는다.

보초의 외침에 사막이 온갖 목소리로 응답한다. 사막은 더 이상 빈 집이 아니다. 무어족 무리로 인해 밤이 온통 자기를 띠기 때문이다.

우리가 안전하다고 믿을 수도 있을 것이다. 하지만 과연 그럴까! 질병이며 사고며 습격대며, 얼마나 많은 위협이 있는지! 저격수에게 인간은 땅 위에 세워둔 표적이다. 그런데 세네갈인 보초가 예언자처럼 우리에게 그 사실을 상기시켜준다.

우리는 "프랑스인이요!"라고 대답한 후 그 검은 천사 앞을 지나간다. 그러자 호흡이 한결 편안해진다. 그 위협 덕분에 우리는 다시금 얼마나 고귀한 존재가 되었는지… 오오! 위협은 저 멀리 있고 아직 긴박하지 않으며 이 많은 모래 덕분에 무디어져 있다. 하지만 세상은 더 이상 예전과 같지 않다. 사막은 다시 호

사스러워진다. 어딘가에서 진군 중이지만 결코 목적지에 이르지 못할 무장 습격대원 한 명 덕분에 사막 전체가 신성해진다.

이제 밤 11시다. 뤼카가 무선국에서 돌아와서 다카르발 비행기가 자정에 도착할 거라고 알려준다. 운항에는 아무런 이상이 없다. 밤 12시 10분에 사람들이 나의 비행기로 우편물을 옮겨 실을 것이고, 나는 곧장 북쪽을 향해 이륙할 것이다. 가장자리가 깨진 거울 앞에서 조심스레 면도를 한다. 그러면서 이따금 목에 수건을 두른 채 문까지 나가 벌거벗은 모래를 바라본다. 날씨는 좋지만 바람이 잦아들고 있다. 다시 거울로 되돌아온다. 그리고 생각에 잠긴다. 몇 달에 걸쳐 형성된 바람이 잦아들면서 온 하늘이 엉망이 되는 경우가 있다. 이제 벨트에 달린 비상램프와 고도계와 연필을 챙긴다. 그리고 그날 밤 기내 무선사가 되어줄 네리한테 가본다. 네리도 면도를 하고 있다. 나는 그에게 묻는다. "어때, 괜찮나?" 현재로서는 괜찮다. 이러한 준비과정은 비행에서 가장 쉬운 부분에 속한다. 그런데 문득 지지직거리는 소리가 들린다. 잠자리 한 마리가 내 램프에 부딪혔다. 왠지 모르게 이 잠자리 때문에 마음이 아프다.

다시 밖으로 나가 살펴본다. 온통 청명하다. 비행장 가장자리를 따라 솟아오른 절벽이 대낮처럼 하늘 위에 또렷하다. 사막에는 잘 정돈된 집 안과 같은 정적이 감돈다. 이때 초록 나비 한 마리와 잠자리 두 마리가 내 램프에 부딪친다. 그러자 다시금, 기쁨인지 두려움인지 모를 막연함을 느낀다. 이 느낌은 마음 깊은 곳에서 올라오지만 매우 모호하며 어렴풋할 뿐이다. 누군가 아주 멀리서 내게 말을 걸고 있다. 이것이 직감이라는 건가? 다시 밖으로 나간다. 바람은 이제 완전히 잦아들었다. 날은 여전히 청명하다. 하지만 나는 일종의 경고를 받는다. 내가 기다리던 것을 감지한다, 아니 감지한다고 믿는다. 내 생각이 맞은 건가? 하늘도 모래도 내게 아무런 신호를 주지 않았건만, 잠자리 두 마리와 초록 나비 한 마리가 내게 말을 건넸다.

나는 모래언덕 위로 올라가 동쪽을 바라보고 앉는다. 내 생각이 옳다면 머지않아 '그것'이 닥칠 것이

다. 저 잠자리들이 내륙의 오아시스로부터 수백 킬로
미터 떨어진 이곳에서 무엇을 찾고 있단 말인가? 해
변으로 밀려오는 잔해가 별로 없다는 것은 바다에 태
풍이 몰아치고 있음을 의미한다. 마찬가지로 이 곤충
들은 모래폭풍이 다가오고 있음을 말해준다. 동쪽에
서 일어나서 초록 나비들이 사는 저 먼 곳의 종려나무
숲을 덮친 폭풍이 말이다. 그 거품이 이미 나에게 와
닿았다. 하나의 증거이기 때문에 장엄하고, 심각한 위
협이기 때문에 장엄하고, 폭풍을 품고 있기에 장엄한
동풍이 올라오고 있다. 그 가냘픈 숨결이 간신히 내
게 와 닿는다. 나는 파도가 혀를 날름거리는 맨 가장
자리 경계석이다. 내 20미터 뒤에서는 천 자락 하나
도 흔들리지 않았을 것이다. 바람의 그 뜨거운 숨결이
단 한 번 죽은 듯한 손길로 나를 감쌌다. 하지만 나는
잘 알고 있다. 얼마 안 가서 사하라 사막이 호흡을 가
다듬고 두 번째 숨결을 내뿜으리라는 사실을. 그리고
3분도 못 가서 우리 격납고의 바람자루*가 요동칠 것

* 비행장이나 고속도로 등에서 풍향을 표시하기 위해 설치하는 것으로 원추형
자루 모양이다.

이고, 채 10분이 안 돼서 모래가 하늘을 뒤덮으리라는 사실을 말이다. 이제 조금 있으면 우리는 이 불덩이 속으로, 사막의 불길 속으로 이륙할 것이다.

하지만 이것이 내가 감동한 이유는 아니다. 나를 강렬한 기쁨으로 채운 것은 슬쩍 표현된 몇 마디만 듣고도 비밀의 언어를 이해했다는 사실이며, 희미한 소리로 미래의 모든 것을 예견해내는 원시인처럼 어떤 흔적의 냄새를 맡았다는 사실이다. 나는 잠자리 한 마리의 날갯짓을 보고서 대기의 분노를 읽어낸 것이다.

4

우리는 그곳에서 반군 무어인들과 접촉하고 있었다. 그들은 우리가 통과하는 상공의, 금지된 지역 깊숙한 곳에서 나타나곤 했다. 그들은 설탕 덩어리나 차茶를 사러 위험을 무릅쓰고 쥐비 곶이나 시스네로스 요새로 왔다가, 자신들의 은신처로 깊숙이 들어가버리곤 했다. 우리는 그들이 나올 때면 그중 몇몇을 우리 편으로 끌어들이려고 시도했다.

영향력이 큰 우두머리의 경우, 그들에게 세상 구경을 시켜주려고 항공사 지도부의 허락을 받아 비행기에 태우기도 했다. 이는 그들의 오만함을 꺾기 위해서였다. 무어인들이 포로를 학살하는 이유는 증오보다는 경멸 때문이었으니까. 그들은 요새 근처에서 우리를 마주칠 때면 심지어 욕도 하지 않았다. 그저 돌아서서 침을 뱉을 뿐이었다. 그런데 이 오만함은 자신들의 힘에 대한 환상에서 나오는 것이었다. 소총 300자루를 갖춘 군대로 전투태세를 갖추어놓고는 그들 중얼마나 많은 이가 내게 이런 말을 되풀이했는지 모른다. "당신들은 운도 좋소. 우리가 100일 이상 행군해야 하는 거리에 프랑스가 있으니…"

그래서 우리는 그들을 비행기에 태웠고, 세 사람이이런 식으로 미지의 프랑스를 방문했다. 그들은 언젠가 나와 함께 세네갈에 갔다가 나무를 보고서 울었던사람들과 같은 부족이었다.

여행에서 돌아온 후 천막으로 그들을 다시 만나러갔을 때, 그들은 벌거벗은 여자들이 꽃들 사이에서 춤추는 프랑스의 뮤직홀을 찬양하고 있었다. 나무 한 그루, 분수 하나, 장미꽃 한 송이도 본 적이 없으며, 샘물이 흐르는 정원이 존재함을 오로지 『코란』을 통해서만 아는 사람들이 여기 있다. 왜냐하면 『코란』에서 이런 곳을 천국이라 불렀으니까. 이 천국과 미녀 포로들은 30여 년간의 온갖 고생을 한 후 이교도의 총을 맞고 모래 위에서 죽을 때에나 얻을 수 있는 것이었다. 하지만 신은 그들을 속여왔다. 갈증이나 죽음을 겪지 않아도 프랑스인은 누구든 이 보물을 얻을 수 있기 때문이다. 바로 이런 이유로 그 나이 든 우두머리들은 생각에 잠긴다. 그리고 텐트 주위로 황량하게 펼쳐져 있으며 그들이 죽는 날까지 미미한 쾌락만을 허락할 사하라 사막을 바라보면서 속내를 털어놓는다.

"보시오… 프랑스인의 신은 말이오… 무어인의 신이 무어인한테 관대한 것 이상으로 프랑스인한테 더 관대하지 않소!"

몇 주 전에 그들을 사부아*로 데리고 갔었다. 가이드

---

*사부아Savoie. 프랑스 동부의 도시. 동쪽으로 이탈리아를 면하고 있으며, 알프스 산맥의 중심에 위치한다.

가 그들을 웅장한 폭포 앞으로 데리고 갔다. 땋아 내린 머리 단 같은 폭포가 요란한 소리를 내고 있었다.

가이드가 그들에게 말했다. "맛보십시오."

그런데 그건 단물이었다. 물! 사하라 사막에서는 가장 가까운 우물도 대체 몇날 며칠을 걸어가야 하는가! 또 우물을 찾아낸다 해도, 그 안에 가득 찬 모래를 퍼내고 낙타 오줌이 섞인 진흙까지 가닿으려면 또 얼마나 많은 시간이 걸리던가! 물! 쥐비 곶과 시스네로스, 포르테티엔에서 무어족 어린이들은 돈을 구걸하는 게 아니라 깡통을 하나씩 들고 물을 구걸했다.

"물 좀 주세요, 물 좀…"

"얌전하게 굴면 주지."

같은 무게의 황금만큼이나 귀한 물, 단 한 방울만으로도 모래로부터 반짝이는 초록빛 새싹을 뽑아내는 물. 어딘가에서 비라도 내리면 사하라 사막은 대이동으로 활기차진다. 부족들이 300킬로미터 떨어진 곳에서 돋아날 풀을 향해 움직이는 것이다… 그런데 포르테티엔에서는 10년 동안 단 한 방울도 떨어지지 않던 그 인색한 물이 저곳에서는 마치 세상을 위해 비축

해놓은 물탱크가 터지기라도 한 듯 철철 넘쳐흐르고 있었다.

"이제 가시지요." 가이드가 그들에게 말했다.

하지만 그들은 꿈쩍도 하지 않았다.

"조금만 더 있게 해주시오…"

그리고 그들은 입을 다문 채 엄숙한 신비가 펼쳐지는 모양을 심각하게 바라보았다. 산의 뱃속에서 흘러나오는 것은 바로 생명이었으며 사람들의 피 그 자체였다. 여기에서 단 1초 흘러내린 물만으로 사막의 대상 한 무리를 살려낼 수 있었을 것이다. 갈증에 취해서 소금과 신기루의 호수 밑바닥으로 영영 파묻혀버린 그들을 말이다. 신이 이곳에서 그 모습을 드러내고 있었으니, 그들은 신에게서 등을 돌릴 수 없었다. 신은 수문을 열어 자신의 힘을 보여주고 있었다. 무어인 세 사람은 꿈쩍도 하지 않았다.

"뭐를 더 보겠다고 그러십니까? 그만 가시죠…"

"기다려야 하오."

"뭐를요?"

"끝날 때를 말이오."

그들은 신이 자신의 미친 짓에 진력이 날 때를 기다리려 했던 것이다. 신은 금세 후회한다. 신은 인색하다.

"이 물은 1000년 전부터 흐르고 있는 걸요…!"

그러자 그들은 폭포 앞에서 더 이상 고집을 부리지 않았다. 어떤 기적에 대해서는 말하지 않는 편이 낫다. 아예 생각조차 말아야 한다. 안 그러면, 더 이상 아무것도 이해하지 못하게 되어버릴 테니. 안 그러면, 신을 의심하게 될 테니까….

"프랑스 사람들의 신은 말이오, 알다시피…"

하지만 나는 이 원주민 친구들을 잘 안다. 그들은 자신의 신앙에 혼란을 느끼고 당황하면서 이제 금방이라도 우리에게 투항할 것 같다. 프랑스 관리국으로부터 곡물을 보급받고 우리 사하라 군대가 자신들의 안전을 보장해주기를 꿈꾼다. 그리고 일단 투항하면 물질적으로 풍족해지는 것도 사실이다.

하지만 그들 셋은 모두 트라르자* 주의 수장 엘 맘

---

* 트라르자Trarza. 모리타니 남서부에 위치한 주. 남쪽으로는 세네갈, 서쪽으로는 대서양과 인접해 있다.

문 혈족이었다(내가 이름을 잘못 기억하는 것 같다).

나는 엘 맘문이 우리를 위해 일하던 시절 그를 알고 지냈다. 그간의 공헌을 인정받아 공식 예우를 받고 프랑스 총독 덕분에 부유해지고 여러 부족들로부터 추앙을 받던 그는, 겉으로는 전혀 부족한 것이 없어 보였다. 하지만 어느 날 밤 그는, 아무런 조짐도 없이 사막을 동행하던 장교들을 죽인 후, 낙타와 소총을 탈취하여 반군 부족에 합류했다.

이런 갑작스러운 반란, 사막에서 추방당한 우두머리가 보이는 이런 영웅적이면서 동시에 절망적인 그런 도주를 우리는 배신이라 부른다. 이 짧은 영광의 불길은 아타르 기동 전투부대의 저지로 순식간에 꺼져버릴 것이다. 그러면 우리는 그런 미친 행동에 놀란다.

하지만 엘 맘문의 이야기는 다른 많은 아랍인들의 이야기이기도 했다. 그는 늙어갔다. 사람이 늙으면 깊은 생각에 잠기게 된다. 그러다가 엘 맘문은 자신이 이슬람의 신을 배신했으며, 결국 자기가 모든 것을 잃고 말 약조를 기독교인들에게 해줌으로써 자기 손을 더럽혔다는 사실을 깨닫는다.

그러니 그에게 곡식이나 평화가 결국 무슨 소용이란 말인가? 전사였지만 쇠락하여 목동이 되어버린 그는, 자신이 한때 사하라 사막에 살았다는 사실을 기억해낸다. 그곳에는 모래 결마다 위협이 감추어져 있었고, 밤새 진군하여 설치한 야영지에서 전방으로 초병을 보냈으며, 밤의 모닥불을 에워싼 사람들은 적의 움직임을 전하는 소식에 가슴이 두근거렸다. 그는 한번 맛보면 영원히 잊지 못할 먼 바다의 물맛을 떠올린다.

그런데 오늘, 그는 위엄이 사라진 평화로운 광야에서 방황하고 있다. 신비로움이라고는 모조리 사라진 너른 영토를 영예 없이 떠돌고 있는 것이다. 오늘에야 비로소 사하라는 사막이 되었다.

그는 자신이 살해할 장교들을 존경했을지도 모른다. 하지만 알라 신에 대한 사랑이 우선이다.

"안녕히 주무시오, 엘 맘문."

"신이 당신을 보호해주시기를!"

장교들은 이불에 몸을 둘둘 말고 마치 뗏목 위라도 되듯 별을 마주한 채 모래 위에 드러눕는다. 이제 모든 별들이 느릿느릿 회전하고, 온 하늘이 시간을 알

려준다. 달이 모래를 향해 몸을 수그리다가 현명하게
도 사라져버린다. 기독교도들은 이제 곧 잠이 들 것이
다. 몇 분 있으면 별들만 반짝일 것이다. 이제 자신의
잠 속에 묻혀버릴 기독교도들의 가벼운 외마디 비명
소리… 그거면 쇠락한 부족들이 지난 영광을 되찾고,
유일하게 사막을 빛낼 추격이 계속될 수 있을 것이다.
이제 몇 초만 지나면 돌이킬 수 없는 행위로부터 하나
의 세상이 탄생하리니….

그래서 잠이 든 아름다운 중위들을 학살한다.

5

쥐비에서 오늘, 케말과 그의 형 무얀이 나를 초대했
다. 나는 그들의 천막에서 차를 마시고 있다. 무얀은
묵묵히 나를 쳐다보면서 입술을 가린 천을 걷지 않은
채, 무뚝뚝하고 신중하다.

"내 천막과 낙타들, 내 아내들, 종들은 모두 당신
것이오."

무얀은 내게서 눈을 떼지 않은 채 동생에게 몸을 기울여 몇 마디를 하더니 다시 침묵에 잠긴다.

"형이 뭐라고 하죠?"

"보나푸가 에르게이바한테서 낙타 1000마리를 훔쳤다고 하는군요."

나는 아타르 단봉낙타 기동부대 장교인 보나푸 대위를 개인적으로 알지 못한다. 하지만 무어인들 사이에서 떠도는 그에 대한 대단한 풍설은 알고 있다. 무어인들은 그에 대해 분노에 차 있지만 동시에 일종의 신에 대해 말하듯 이야기한다. 그가 있음으로써 사막은 가치를 띤다. 그 장교가 오늘도 남쪽으로 행군하는 아랍인 무장 습격대 후방에 나타나서 그들의 낙타를 수백 마리 훔쳤고, 결국 아랍인들은 자기들의 보물을 지키려고 반대쪽으로 방향을 돌릴 수밖에 없었다. 이렇게 보나푸 장교는 대천사처럼 출현하여 아타르 기동부대를 구해내고 석회암 고원 위에서 야영지를 꾸린 후, 생포해야 할 표적이나 되듯 그곳에 당당히 광채를 내뿜고 있었다. 그 광채가 너무도 강했기에 아랍인 부족들은 그의 검을 향해 진군해올 수밖에 없었다.

154

무안이 더욱 굳은 시선으로 나를 바라보더니 다시 말한다.

"뭐라고 하오?"

"내일 보나푸에 맞서러 떠날 거라고 합니다. 소총 300자루로."

나는 진작 무언가를 예감하고 있었다. 사흘 전부터 우물가로 끌어다놓는 낙타들, 부락 회의, 그 열기를 보고서 말이다. 마치 보이지 않는 돛대를 다는 것 같았다. 돛대를 밀어 갈 먼 바다의 바람은 이미 불어오고 있었다. 남쪽을 향하는 한 걸음 한 걸음이 보나푸로 인해 영광에 찬 걸음이 된다. 나는 이러한 출정이 증오로 인한 것인지 사랑으로 인한 것인지 더 이상 가늠할 수 없게 된다.

죽여야 할 참으로 아름다운 적이 이 세상에 존재한다는 것은 대단한 사치다. 보나푸가 출현하면 인근 부족들은 그를 맞닥뜨릴까 두려워 천막을 접고 낙타를 모아 도망치지만, 멀리 떨어진 곳에 있는 부족들은 마치 사랑에 빠진 듯 현기증에 휩싸인다. 그들은 평화로운 천막에서, 여자들의 포옹에서, 행복한 잠에서 빠져

나온다. 그리고 남쪽을 향해 두 달 동안 행군을 하고 불타는 갈증에 시달리고 모래바람 밑에서 웅크리고 기다린 끝에 마침내 어느 새벽, 아타르 기동 전투부대를 맞닥뜨려 신의 도움으로 보나푸 대위를 살해하는 일보다 더 값진 일은 이 세상에 없으리라는 사실을 깨닫는다.

"보나푸는 강합니다." 케말이 나에게 털어놓는다.

나는 이제 그들의 비밀을 알고 있다. 어떤 여인을 원하는 남자는 여인이 무심히 산책하는 발걸음을 보면서 몽상에 잠기고, 자신의 꿈속에서 계속되는 그 무심한 산책 때문에 상처입고 열에 들떠 밤새 뒤척인다. 이와 마찬가지로, 저 멀리 존재하는 보나푸의 발걸음은 무어인들을 괴롭힌다. 이 무어족 복장을 한 기독교도는 아랍인 습격대로 하여금 자기를 뒤쫓게 만들어놓은 후, 무어족 해적 200명을 이끌고 반군 지대로 침투해 들어갔다. 그곳에서는 보나푸의 말단 졸병도 프랑스의 속박에서 자유로웠고, 처벌받는 일 없이 돌 제단 위에 보나푸를 올려 자신의 신에게 제물로 바칠 수 있었다. 오로지 보나푸의 위엄만이 그들을 저지하고 있으며, 보나푸의 약점조차 그들을 두려워 떨게 만드는 바로 그곳에서 말이다. 그날 밤, 그들의 거친 꿈결 속에서 보나푸는 무심히 지나가고 또 지나가고, 그의 발소리가 사막의 한복판에까지 울려 퍼진다.

무얀은 천막 구석에서, 푸른 화강암의 얕은 돋을새김이나 되듯 꿈쩍도 않고 깊은 생각에 잠겨 있다. 더이상 장난감이 아닌 은제 단검과 그의 눈빛만이 번뜩인다. 무장 습격대에 들어간 후 그가 얼마나 변했는지! 그는 그 어느 때보다도 자신이 고귀하다고 느끼며, 경멸감으로 나를 압도한다. 왜냐하면 이제 곧 보나푸를 향해 진격할 것이고, 새벽이 되면 사랑을 쏙 빼닮은 증오에 떠밀려 행군을 시작할 것이기 때문이다.

그는 다시 동생에게 몸을 기울여 아주 나직이 말한 후에 나를 쳐다본다.

"뭐라고 합니까?"

"요새에서 멀리 떨어진 곳에서 당신을 만나면 총을 쏠 거라고 합니다."

"왜지요?"

"형이, 당신한테는 비행기와 무전기가 있고 보나푸가 있지만 진실은 갖고 있지 않다고 말하는군요."

157

무얀은 주름진 푸른 천에 몸을 감싼 조각상같이 부동자세로 나를 가늠해본다.

"형님은 또 이렇게 말합니다. '당신은 염소처럼 샐러드를 먹고, 돼지처럼 돼지를 먹는다. 당신네 여자들은 수치심도 모른 채 얼굴을 내놓고 다닌다.' 형님은 그것을 본 적이 있소. 또 형님이 말합니다. '당신은 절대로 기도하지 않는다. 비행기, 무전기, 보나푸가 무슨 소용이 있나? 당신은 진리를 모르는데.'"

사막에서는 항상 자유로우므로 이 무어인은 자신의 자유를 방어하는 것이 아니며, 사막은 벌거벗었으므로 보물을 지키는 것도 아니다. 그는 은밀한 왕국을 사수하고 있으며, 그래서 나는 이 무어인을 존경한다. 소리 없이 물결치는 모래파도 속에서 자신의 전투부대를 나이 든 해적 선장처럼 이끌어가는 보나푸 덕분에, 쥐비 곶의 야영지는 더 이상 한가로운 목동들의 안식처가 아니다. 보나푸라는 폭풍이 야영지 옆구리를 압박해오고 있고, 보나푸 때문에 저녁이면 천막을 촘촘히 배치한다. 남쪽의 침묵이 참으로 날카로운 이유는, 그것이 보나푸의 침묵이기 때문이다! 그리고 나이든 병사 무얀은 바람 속에서 행군하는 그의 소리에 귀를 기울인다.

보나푸가 프랑스로 돌아가는 날이 오면, 그의 적들은 기뻐하기보다는 눈물을 흘릴 것이다. 마치 보나푸가 떠나서 그들의 사막에서 중요한 축 하나가 사라지고, 그들의 영예가 사라지기라도 하듯이. 그리고 그들은 내게 이렇게 말하리라.

"당신네 보나푸는 왜 가버린답니까?"

"글쎄요…"

보나푸는 아주 여러 해 동안 무어인들에 맞서 목숨을 걸어왔다. 그는 무어족의 규율을 자신의 규율로 삼았다. 또 그들의 돌을 베개 삼아 잠을 잤다. 끝없는 추격을 벌이는 중에, 그들과 마찬가지로 별들과 바람 속에서 경전을 읽으며 밤을 지새웠다. 그런데 그런 보나푸가 떠나감으로써, 이제껏 해온 것이 자신에게는 중요한 도박이 아니었다고 말하는 것이다. 그는 미련 없이 도박판을 떠난다. 도박판에 홀로 남겨진 무어인들은, 더 이상 혼신을 다 할 가치가 없는 삶에 신뢰를 잃어버린다. 그럼에도 그들은 여전히 보나푸를 믿고 싶다.

"당신네 보나푸 말이오, 그 사람 반드시 돌아올 거요."

"글쎄요."

무어인들은 보나푸가 돌아올 거라 믿는다. 유럽의 도박에도, 주둔지에서 하는 브리지 게임에도, 진급에도, 여자들에도 그는 만족하지 못할 것이다. 보나푸는 되돌아올 것이다. 그는 잃어버린 자신의 고결함이 그립다 못해, 한 걸음 한 걸음이 마치 연인을 향한 걸음인 양 가슴을 뛰게 하는 바로 이곳으로 돌아올 것이다. 이곳은 한갓 모험이었을 뿐 진정 중요한 것은 본국에서 찾으리라 믿겠지만, 진정한 풍요는 이곳 사막에 있었음을 환멸과 함께 깨달을 것이다. 모래의 그 장엄함, 밤, 그 정적, 바람과 별들의 고향 속에서 말이다. 그래서 만일 어느 날 보나푸가 돌아오게 된다면, 그 소식은 바로 그날 밤 반군 지역으로 퍼질 것이다. 사하라 사막 어딘가에서 200명의 해적 부하들 한복판에서 그가 잠들어 있음을 무어인들이 알게 될 것이다. 그러면 그들은 조용히 단봉낙타 떼를 우물가로 몰아갈 것이다 비상식량으로 쓸 보리를 비축하기 시작하고, 소총의 노리쇠를 정비할 것이다. 그 증오 또는 사랑에 떠밀려서.

6

"마라케시*로 가는 비행기에 나를 좀 숨겨주시오…"

무어족의 노예인 그 남자는 쥐비에서 저녁마다 이런 짧은 소원을 내게 전하곤 했다. 그러고 나면 살기 위해 자기가 할 수 있는 일은 다 했다는 듯, 그는 정좌를 하고 차를 준비했다. 자기를 치료해줄 수 있는 유일한 의사에게 속내를 털어놓았다고 믿었기에, 자기를 구원해줄 수 있는 유일한 신에게 도움을 청했기에 그는 이제 하루 동안 마음이 편안한 것이다. 그는 주전자 위로 몸을 수그리고 자기 인생의 소박한 영상들, 마라케시의 검은 대지, 분홍빛 집들, 빼앗겨버린 보잘것없던 소유물들을 되새겨본다. 그는 내가 침묵한다고, 내가 자기를 빨리 구해주지 않는다고 원망하지

---

* 마라케시Marrakech. 모로코 중앙부에 있는 도시. 카사블랑카 남부 아틀라스 산맥의 북쪽 기슭에 위치한다.

않았다. 나는 그를 닮은 인간이 아니라 움직이게끔 만들어야 할 힘, 자신의 운명에 언젠가 불어올 순풍 같은 존재였기 때문이다.

하지만 나는 일개 조종사이자 단 몇 개월 임기로 쥐비 곶 비행장의 책임자로 와 있을 뿐이었다. 가진 것이라고는 스페인 요새에 면한 막사 한 채, 그 막사 안의 대야하나, 소금물이 담긴 물병 하나, 너무 짤따란 침대 하나밖에 없었기에 나는 내가 지닌 힘을 과신하지 않았다.

"바르크 영감, 그건 두고봅시다…"

노예는 모두 바르크라고 불린다. 그래서 그의 이름도 바르크였다. 4년 동안 붙들려 있었지만 그는 아직 포기하지 않고 있었다. 그는 자기가 왕이었던 때를 기억했다.

"마라케시에서 뭘 했나, 바르크?"

아내와 세 아이들이 아직도 살고 있을 마라케시에서 그는 근사한 일을 했었다.

"저는 가축 몰이꾼이었고, 이름은 모하메드였지요!"

그곳에서는 지역 관리들이 그를 부르곤 했다.

"모하메드, 내 소를 몇 마리 팔아야겠는데. 산에 가서 소 좀 찾아오게." 또는,

"내 양 1000마리가 들에 있는데, 놈들을 좀 더 높이 끌고 가서 방목 좀 시켜주게."

그러면 바르크는 올리브 나무로 된 제왕의 지팡이로 무장하고 양떼의 이동을 감독했다. 암양 떼의 유일한 책임자인 바르크는 곧 태어날 어린 양 때문에 걸음이 빨라진 양들의 속도를 늦추고 게으른 놈들은 다독였고, 양들의 신뢰와 복종을 받으며 앞으로 나아갔다. 그는 지금 올라가는 약속된 땅이 어디인지 알고 있는 유일한 존재이자 별들을 보고서 길을 읽는 법을 아는 유일한 사람이었다. 그는 양들에게는 절대 전수할 수 없는 기술을 묵직하게 품은 채 홀로 휴식할 때와 샘물 먹을 때를 지혜롭게 결정했고, 밤이면 그토록 무지하고 약한 존재에 대한 애정에 사로잡혀 무릎까지 양털에 싸여 의사이자 예언자, 왕으로서 자기 백성을 위해 기도했다.

그러던 어느 날, 아랍인들이 그에게 접근했다.

"우리 남쪽으로 짐승 떼를 찾으러 갑시다."

그런 후 그는 오랫동안 걸어야 했고, 사흘 후 반군 지역 경계 부근의 한산한 산길로 접어들었을 때, 누군

163

가 그의 어깨에 손을 얹고 바르크라는 이름을 붙이더니 그를 팔아넘겼다.

나는 다른 노예들도 알고 지냈다. 매일 그들의 텐트로 차를 마시러 가곤 했다. 거기에서 유목민들은 단지 몇 시간 머물려고 깔아놓은 사치품인 양탄자에 맨발로 누워 그날의 여정을 음미해보곤 했다. 사막에서는 시간의 흐름이 느껴진다. 작열하는 태양 아래에서 사람들은 밤을 향해, 팔다리의 땀을 씻어낼 시원한 바람을 향해 걸어간다. 동물이나 인간은 태양의 열기 아래에서, 죽음을 향해 걸어가는 것만큼이나 확실하게 이 거대한 물가로 행진하는 것이다. 그렇기에 빈둥거림은 결코 헛되지 않다. 그리고 온 하루가 바다로 이어지는 길만큼이나 아름답게 보인다.

나는 그 노예들을 잘 알고 있었다. 주인이 보물 상자에서 풍로와 주전자, 유리잔들을 끄집어낼 때면 그들은 천막으로 들어선다. 그 상자에는 열쇠 없는 자물쇠, 꽃 없는 꽃병, 싸구려 거울, 낡은 무기들 같은 얼토당토않은 물건들이 가득한데, 모래 한복판에 좌초해 있는 이 물건들을 보면 난파선의 거품을 꿈꾸게 된다.

노예는 묵묵히 풍로에 마른풀을 채우고, 불씨에 입김을 불고, 주전자를 채우고, 삼나무를 뿌리째 뽑을 만한 근육을 움직여 어린 소녀만큼의 일을 해낸다. 그는 차분하다. 차를 우리고 단봉낙타를 치료하고 음식을 먹는 놀이에 흠뻑 빠져 있다. 뜨거운 낮이면 밤을 향해 걸어가고, 벌거벗은 차가운 별들 아래에서는 뜨거운 낮을 꿈꾼다. 사계절이 있기에 여름이면 눈의 전설을 지어내고 겨울이면 태양의 전설을 지어내는 북쪽 나라들은 행복하고, 언제나 뜨거운 열기 가득한 열대지방은 슬프다. 하지만 낮과 밤에 따라 인간이 이 희망에서 저 희망으로 그토록 간단히 오가는 이 사하라 사막 역시 행복하다.

이따금 흑인 노예가 문 앞에 몸을 웅크리고 밤바람을 맛본다. 붙잡힌 신세인 그 무거운 몸에서는 더 이상 추억이 떠오르지 않는다. 유괴당하던 순간 얻어맞은 일, 비명소리, 지금의 암흑 속으로 자기를 밀어 넣은 사람의 팔을 간신히 기억이나 할까. 그때 이후로 이 흑인 노예는 마치 장님이 된 듯 느릿하게 흐르는 세네갈의 강물도 모로코 남부에 있는 새하얀 자기 마을도 보지 못하고, 귀머거리가 된 듯 익숙한 목소리를 듣지 못한 채 기이한 잠에 빠져든다. 이 흑인은 불행한 것이 아니라 불구다. 어느 날 갑자기 이 유목 민족의 생활주기에 얽혀 그들과 함께 움직이게 되고, 그들이 사막에 그리는 궤적에 영영 메여버린 이 노예가, 그에게는 죽은 존재나 다름없는 처자식과 과거, 가정을 공유하는 것이 이제 무엇이란 말인가?

오랫동안 위대한 사랑을 했다가 이를 상실한 사람은 이따금 자신의 고귀한 고독에 염증을 느낀다. 그래서 삶에, 또 시시한 사랑에 겸허히 다가가 자신의 행복을 일구어낸다. 그들은 포기하고, 노예가 되고, 그저 만사태평하게 지내는 일이 좋다고 느낀다. 노예는 주인의 불씨를 자신의 긍지로 삼는다.

"자, 마셔." 주인이 가끔 포로에게 이렇게 말한다.

모든 피로와 열기가 식고, 함께 서늘함을 느끼기 시작한 덕분에, 주인이 노예에게 너그러워지는 시간이 온다. 주인은 노예에게 차 한 잔을 허락한다. 그러면 노예는 이 차 한 잔에 황송해하며 주인의 무릎에 입을 맞출 것이다. 이곳에서 노예는 사슬에 묶여 있는 법이 없다. 그럴 필요가 없다! 그 노예는 충직했으니까! 지위를 박탈당한 흑인 왕이 자기 마음속에 자리하고 있음을 그는 현명하게도 부인하고 있었으니까. 그는 이제 행복한 포로일 따름이다.

　하지만 어느 날, 그는 풀려나리라. 그가 너무 늙은 탓에 밥값이나 옷값을 못하게 되면, 사람들은 그에게 과분한 자유를 허락하리라. 그러면 그는 사흘 동안 천막마다 돌아다니며 자기를 써달라고 헛되이 청할 것이고, 하루하루 쇠약해져가다가 결국 사흘째 날이 저물 무렵, 언제나처럼 현명하게 모래 위에 드러누울 것이다. 나는 쥐비에서 이런 식으로 노예가 벌거벗은 채 죽어가는 것을 본 적이 있다. 노예들이 맞는 이런 기나긴 임종을 아주 가까이에서 보며 지내는 무어인들의 태도에는 전혀 잔인함이 없었다. 또 무어족 어린이들은 그 음울한 육신 가까이에서 놀면서 매일 아침 날이 밝으면 달려와 그 몸이 아직도 움직이는지 살펴보았지만, 늙은 종을 비웃는 법은 절대로 없었다. 그것은 자연스러운 질서였다. 누군가 노예에게 마치 이렇게 말하기라도 한 것 같았다. "너는 열심히 일했으니 이제 자도 돼. 가서 자려무나." 여전히 누워 있는 그는 이제 현기증과 허기를 느끼기는 했지만, 그에게 있어 유일한 괴로움인 부당함을 느끼지는 않았다. 그는 차츰 땅과 뒤섞인다. 태양에 건조되고 땅에 받아들여진다. 30년 동안 일한 끝에 이제 잠과 땅에 대한 권리를 얻은 것이다.

내가 처음 마주친 죽어가는 노예한테서는 신음소리가 들리지 않았다. 그에게는 한탄할 상대가 없기도 했다. 나는 그에게서 체념하는 태도, 길을 잃고 기력이 다하여 몽상과 눈 속에 파묻히는 산사람이 보일 법한 그런 태도를 느꼈다. 나를 괴롭게 한 것은 그의 고통이 아니었다. 그가 고통을 느끼리라는 생각은 들지 않았다. 한 인간이 죽을 때에는 어떤 미지의 세계가 함께 죽는 법인데, 그 사람의 마음속에서 꺼져가는 영상은 대체 무엇일지 생각해보았다. 세네갈의 그 어떤 농원이, 모로코 남부의 그 어떤 하얀 도시들이 망각 속으로 빠져들고 있을까. 저 검은 몸뚱이 속에서는 그저 노예의 영혼이 잠들어 있어서 준비해야 할 차, 우물로 몰아가야 할 짐승 따위의 하찮은 근심거리가 꺼져가고 있는 것일까, 아니면 옛 기억이 되살아나 이제 그는 위대한 영혼으로 죽어가는 것일까. 나는 이것을 알 수 없었다. 단단한 두개골은 나에게 오래된 보물 상자처럼 보였다. 어떤 색깔의 비단이, 어떤 축제의 광경이, 이제는 시대에 한참 뒤떨어져 사막에서는 쓸모없어진 그 어떤 추억이 난파 도중 그 상자에서 빠져나가버렸는지 나는 알 수 없었다. 그 상자가 단단히 묶여 묵직하게 저곳에 놓여 있었다. 죽어가기 전 최후 며칠 동안 이루어지는 거대한 잠 속에서, 서서히 밤과 뿌리로 되돌아가는 저 사람의 의식과 육체 속에서 세상의 어떤 부분이 무너져가는지 나는 도무지 알 수 없었다.

"저는 가축 몰이꾼이었고, 이름은 모하메드였지요…"

흑인 포로 바르크는 내가 알았던 노예 중 처음으로 저항한 사람이었다. 무어인들이 그의 자유를 침해했고 하루아침에 그를 갓난아기보다 더욱 헐벗은 인간으로 만들었다 해도 그건 대수로운 일이 아니었다. 신이 폭풍을 보내 한 시간 만에 인간의 수확물을 처참하게 망쳐

169

놓는 일도 있는 법이니까. 하지만 무어인들은 물질적인 면보다 더욱 깊은 의미에서 그의 인간성을 위협했다. 다른 포로들은 밥값을 버느라 일 년 내내 일하던 가난한 가축 몰이꾼을 마음속에서 죽어가게 내버려두었지만, 바르크는 포기하지 않았다.

그는 기다리다 지쳐서 보잘것없는 행복 속에 들어앉아버리듯 자신의 노예 신분에 안주하지 않았다. 그는 주인의 호의를 자신의 기쁨으로 삼으려 하지 않았다. 지금은 부재 중인 모하메드를 위하여 그 모하메드가 살았던 집을 가슴속에 남겨두었다. 텅 비어 있기에 쓸쓸한 집이었지만 그 집에서는 다른 그 누구도 살지 않을 것이었다. 바르크는 오솔길에 난 잡풀과 무료한 침묵 속에서 충직하게 죽어가는 백발의 문지기를 닮아 있었다.

그는 "나는 모하메드 벤 르하우신입니다."라고 하지 않고, "내 이름은 모하메드였지요."라고 말했다. 그 잊힌 인물이 부활할 날을 꿈꾸면서, 그 부활만으로 노예의 겉모습을 대번에 몰아낼 그날을 꿈꾸면서 말이다. 이따금 고요한 밤이면, 그가 지닌 모든 추억이 어린 시절 노랫가락처럼 온전히 그에게 되살아나곤 했다. "한밤중에 무어인 통역사가 우리한테 이야기를 해주었어요. 그 사람이 마라케시에 대해 얘기하더니 울었지요." 고독하면 누구라도 이런 회상을 피해 갈 수 없는 법이다. 마음속에 있던 낯선 이가 예고 없이 깨어나 팔다리를 뻗어 기지개를 켜고 옆구리를 더듬어 여자를 찾는다. 그 어떤 여자도 결코 다가온 적 없는 이 사막에서 말이다. 바르크는 그 어떤 샘물도 흐르지 않는 이곳에서 샘물이 노래하는 소리를 듣는다. 그리고 눈을 감은 채, 자기가 매일 밤 같은 별 아래 자리 잡은 새하얀 집에 살고 있다고 믿는다. 사람들이 거친 모직물로 지은 집에 살면서 바람을 쫓아가는 이 곳에서 말이다. 그럴 때면 바르크는 신비롭게도 생생히 되살아난 옛 감정에 가득 차서, 마치 그 감정을 끌어당기는 극점에 가까워지듯 나를 찾아오곤 했다. 자신이 준비되었고 모든 사랑도 준비되어 있으니, 이를 나누어주기 위해서는 이제 고향으로 돌아가기만 하면 된다고 내게 말하고 싶었던 것이다. 내가 신호 한 번만 해주면 될 일이었다. 바르크는 미소를 지으며 내가 미처 생각하지 못한 사실을 지적해주었다.

"우편물이 내일 떠나지요… 아가디르*로 가는 비행기에 나를 좀 숨겨주시오…"

"딱한 바르크 영감!"

우리가 반군 지대에 살고 있는데, 어떻게 그를 도망치게 도와준단 말인가? 그 다음 날이면 무어인들이 어떤 학살, 도적질, 욕설로 복수할지 모를 일이었는데. 기항지 기관사 로베르그, 마르샬, 아브그랄의 도움을 받아 바르크를 사들이려고 시도했지만, 노예를 사려는 유럽인을 좀처럼 만날 수 없었던 무어인들이기에 그들은 이 기회를 이용하려 했다.

"2만 프랑이오."

"사람 놀리는 거요?"

"저 튼튼한 팔 좀 보시오…"

그러면서 몇 달이 흘렀다.

그러다 결국 무어인들이 요구액을 낮추었고, 내 편지를 받은 프랑스에 있는 친구들의 도움으로 마침내

---

*아가디르Agadir. 모로코 남서부의 해안도시. 대서양을 면하고 있다.

나는 바르크 노인을 사들일 수 있게 되었다.

협상은 8일 동안 계속되었는데, 참으로 대단한 협상이었다. 무어인 열다섯 명과 내가 모래 위에 둘러앉아 협상을 했다. 노예 주인의 친구였으며 나의 친구이기도 한 비적 진 울드 라타리가 나를 은밀히 도와주었다.

"그자를 팔게. 어차피 그자를 잃게 될 테니." 그는 나의 충고에 따라 노예 주인에게 이렇게 말했다. "놈이 아프다니까. 겉으로 보면 모르지만 속이 병들었다고. 그러다 갑자기 어느 날 온통 부어오를 걸. 그냥 빨리 이 프랑스 사람한테 팔아버려."

나는 또 다른 비적인 라기한테 이 구매가 성사되도록 도와주면 중개료를 주겠다고 약속해두었었다. 라기는 이런 말로 주인을 꼬드겼다.

"그 돈으로 낙타랑 총이랑 총탄을 사게나. 습격대를 조직해서 프랑스 놈들하고 전쟁을 할 수 있을 걸세. 그러면 쌩쌩한 노예 서넛을 아타르한테서 뺏어 올 수 있을 것 아닌가. 그 늙은이를 팔아치우게."

그렇게 해서 주인은 나에게 바르크를 팔았다. 나는

엿새 동안 우리 숙소에 바르크를 가두어두었다. 비행기가 다녀가기 전에 바르크가 어슬렁거렸다가는, 무어인들이 그를 잡아가 더 먼 곳으로 팔아넘길 수 있었기 때문이다.

하지만 나는 그를 노예 신분에서 풀어주었다. 그 또한 대단한 의식이었다. 이슬람교 원로가 왔고, 바르크의 전 주인과 쥐비의 부족장인 이브라힘이 왔다. 바라크의 목을 기꺼이 잘랐을 그 세 명의 전사가, 오로지 나를 속인다는 즐거움 때문에 요새 벽에서 20미터 떨어진 곳에서 바라크를 따뜻하게 포옹하며 공식 문서에 서명했다.

"이제 너는 우리 아들이다."

법률에 따르면 그는 나의 아들이기도 했다.

바르크는 자신의 아버지들을 모두 포옹했다.

떠날 때까지 그는 우리 숙소에서 감미로운 포로 생활을 했다. 하루에도 스무 번씩 그 간단한 여행 일정을 설명해달라고 했다. 아가디르에서 비행기를 내릴 것이고, 비행장에서 마라케시로 가는 시외버스표를 받게 될 것이라는 설명을 말이다. 바르크는 어린이가 모험가 흉내를 내듯 자유로운 사람 흉내를 냈다. 삶을 향한 발걸음, 시외버스, 많은 인파, 다시 보게 될 그 도시들….

로베르그는 마르샬과 아브그랄을 대표해서 나를 찾아왔다. 바르크가 비행기에서 내린 후 쫄쫄 굶어서는 안 될 노릇이었다. 그래서 그들은 바르크를 위해 내게 1000프랑을 주었다. 이걸로 바르크는 일자리를 구할 것이었다.

나는 '자선 활동'을 한다며 20프랑을 내고 감사 인사를 받기 원하는 자선단체 노부인들을 떠올렸다. 항공 기관사 로베그르, 마르샬, 아브그랄은 1000프랑을 주면서도 자선을 베푸는 것이 아니었으며, 감사 인사는 더더욱 요구하지 않았다. 그들은 행복을 꿈꾸는 저 노부인들처럼 동정심 때문에 이런 행동을 하는 것도 아니었다. 그들은 그저 한 인간에게 인간의 위엄을 되돌려주는 데 기여하고 싶을 뿐이었다. 그들은 나와 마찬가지로 잘 알고 있었다. 일단 감미로운 귀향의 순간이 지나면 바르크를 찾아올 최초의 친구는 가난이리라는 사실을, 그리고 3개월도 채 안 돼 그는 철로에서 침목을 뽑아내느라 고생하게 되리라는 사실을 말이다. 바르크는 이곳 사막에서보다 덜 행복할 것이다. 하지만 그에게는 가족의 품 안에서 자기 자신이 될 권리가 있었다.

"자, 바르크 영감, 가서 멋지게 살아보시오."

이륙 준비를 마친 비행기가 진동했다. 바르크는 쥐비 곶의 거대하고 황량한 땅을 마지막으로 뒤돌아보았다. 비행기 앞에는 삶의 문턱을 넘어서는 노예가 어떤 얼굴을 하는지 똑똑히 보려고 모여든 무어인 200명이 서 있었다. 조금 떨어진 곳에서 비행기가 고장이라도 나 추락하면 그들은 바르크를 다시 잡아올 것이었다.

우리는 쉰 살 먹은 신생아를 세상으로 내보낸다는 사실에 조금 걱정스러워하며 그에게 작별의 손짓을 했다.

"잘 가시오, 바르크!"

"아니죠."

"아니라니 무슨 말이오?"

"아니. 나는 모하메드 벤 르하우신이오."

우리의 부탁을 받고 아가디르에서 바르크를 도와준

아랍인 압달라로부터 우리는 마지막으로 바르크의 소
식을 들었다.

시외버스는 저녁에야 떠날 예정이었으므로, 바르크
한테는 하루 동안 자유시간이 있었다. 바르크가 그 작
은 도시를 하도 오랫동안 말 한 마디 없이 이리저리
헤매고 다녔으므로, 압달라는 바르크가 불안해하나
싶어 걱정이 되었다.

"무슨 문제라도 있소?"

"아니…"

갑작스레 휴가를 받아 넓은 세상으로 나온 바르크
는 자신의 부활을 실감하지 못하고 있었다. 막연한 행
복을 느꼈지만, 이 행복을 제외하면 어제의 바르크와
오늘의 바르크 사이에는 별다른 차이가 없었다. 하지
만 그는 이제 이 태양을, 여기 아랍 카페의 정자에 앉
을 권리를 남들과 동등하게 누리고 있었다. 그는 카페
정자 아래에 자리를 잡고 앉았다. 그리고 압달라와 자
신이 마실 차를 주문했다. 그것이 주인으로서 바르크
가 취한 첫 몸짓이었으니, 이 권능이 그의 외모를 바
꾸어놓았을지 모를 일이었다. 하지만 웨이터는 바르

크의 몸짓이 일상적이라는 듯 놀라지 않고 그에게 차를 따라주었다. 웨이터는 이 차를 따름으로써 자기가 자유로운 한 인간에게 경의를 보내고 있다는 사실을 전혀 몰랐다.

"다른 데로 갑시다." 바르크가 말했다.

그들은 아가디르를 내려다보는 카스바*를 향해 올라갔다.

자그마한 베르베르족 무희들이 그들에게 왔다. 그 여자들이 상냥하게 대해주었기에 바르크는 자기가 다시 살아가리라는 사실을 믿게 되었다. 무희들은 스스로 인식하지는 못했지만 바르크를 삶으로 맞아들여 준 것이다. 그녀들은 바르크의 손을 잡고 그에게 상냥히 차를 따라주었다. 하지만 그 여자들은 다른 누구에게라도 그런 식으로 차를 따라주었을 것이다. 바르크는 자신의 부활에 대해 그들에게 이야기하려 했다. 무희들은 부드럽게 웃었다. 바르크가 기뻐했으므로 자신들도 기뻤다. 무희들을 놀래줄 양으로 바르크는 덧

* 카스바Kasbah. 아프리카 북부의 아랍 나라에서 볼 수 있는 술탄이 지내던 성. 나아가 그 주변 주거 지역을 이르며, 보통 도시 중심부의 높은 언덕에 자리 잡고 있다. 알제와 튀니스의 카스바가 대표적이다.

붙였다. "나는 모하메드 벤 르하우신이라고 합니다."
하지만 그 말에 여자들은 전혀 놀라지 않았다. 모든
사람한테는 이름이 있고, 많은 이들이 참으로 먼 곳에
서 돌아오곤 했으니까….

바르크는 압달라를 다시 아가디르로 끌고 갔다. 유
대인 노점 앞을 어슬렁거렸고, 바다를 쳐다보았으며,
자기가 마음 내키는 대로 아무 데로나 걸어갈 수 있으
며 자유롭다는 사실을 생각했다… 하지만 이 자유는
그에게 씁쓸하게 느껴졌다. 자유를 얻으면서 자신과
이 세상 사이에 연결고리가 너무도 미약함을 깨달은
것이다.

이때 어떤 아이가 지나가자, 바르크는 아이의 볼을
부드럽게 어루만졌다. 아이가 미소를 지었다. 그 아이
는 아첨을 해야 하는 주인의 아들이 아니었다. 그건 바
르크가 어루만져 주는 약한 어린아이였다. 그리고 미
소 짓는 아이였다. 이 아이가 바르크를 일깨웠고, 바르
크는 자기가 미소를 빚진 약한 어린아이 덕분에 자신
이 이 세상에서 좀 더 중요한 존재임을 깨달았다. 이제
바르크는 무언가를 예감한 듯 성큼성큼 걷고 있었다.

"뭘 찾소?" 압달라가 물었다.

"아무것도 아니요." 바르크가 대답했다.

하지만 길모퉁이를 돌아 놀고 있는 아이들 한 무리와 마주치자, 바르크는 우뚝 걸음을 멈추었다. 바로 이곳이었다. 그는 아이들을 묵묵히 바라보았다. 그러더니 유대인 노점으로 가서 이내 선물을 두 팔 가득 들고 돌아왔다. 압달라가 짜증을 냈다.

"멍청이 같으니, 돈을 가지고 있어야지!"

하지만 바르크는 더 이상 그의 말을 듣고 있지 않았다. 그는 심각한 태도로 아이들 하나하나에게 손짓을 했다. 그러자 장난감과 팔찌, 금실로 꿰맨 가죽 슬리퍼를 향해 작은 손들을 내밀었다. 그리고 일단 보물을 손에 넣은 아이들은 휑하니 달아났다.

아가디르의 다른 아이들도 소문을 듣고 그에게 달려왔다. 바르크는 그 아이들에게 금실 가죽 슬리퍼를 신겨주었다. 이제 아가디르 인근 지역에 사는 아이들도 흑인 신을 향해 소리를 지르며 달려왔고, 그의 노예 옷에 매달려 선물을 요구했다. 바르크는 빈털터리가 되어갔다.

압달라는 바르크가 '기뻐서 미쳤다'고 생각했다. 하지만 나는 바르크가 넘치는 기쁨을 나누기 위해 그런 것이 아니라고 생각한다.

그는 자유로웠으므로 필수적인 재산, 즉 사랑받을 권리, 북쪽이나 남쪽을 향해 걸어갈 권리, 일을 해서 돈을 벌 수 있는 권리를 지니고 있었다. 그러니 이 돈이 무슨 소용이란 말인가… 그러자 그는 사람이 심한 허기를 느끼듯, 사람들 틈에서 사람이고자 하는 욕구, 사람들과 이어지고자 하는 욕구를 느꼈다. 아가디르의 무희들은 늙은이 바르크에게 상냥하게 대해주었지만, 바르크는 왔던 때처럼 쉽사리 무희들 곁을 떠났다. 그 여자들은 바르크를 필요로 하지 않았던 것이다. 그 아랍 노점의 웨이터, 길을 걷는 행인, 모든 이들이 바르크를 자유로운 인간으로 존중해주었고 그와 더불어 동등하게 태양을 나누었지만, 그 누구도 자신이 바르크를 필요로 한다는 사실을 보여주지 않았다. 바르크는 자유로웠다. 그것도 이 땅에서 더 이상 자기 무게를 느낄 수 없을 정도로 무한히 말이다. 발걸음을 방해하는 인간관계라는 무게, 눈물, 작별인사, 비난,

기쁨. 사람의 몸짓이 감싸주거나 상처 입히기 마련인 그 모든 것들, 사람을 다른 이들에게 붙들어매 사람을 묵직하게 만드는 그 무수한 연결고리가 바르크는 그리웠다. 그런데 이제 바르크는 아이들의 무수한 기대로 묵직해져 있었다….

바르크의 권세는 아가디르 위로 저무는 태양의 영광 속에서, 그에게 그토록 오랫동안 감미롭고 유일한 안식처가 되어주던 저녁나절의 그 서늘함 속에서 시작되고 있었다. 떠날 시간이 다가오자, 바르크는 그 옛날 양떼 사이에서 그랬듯 밀려오는 아이들의 물결에 몸을 맡긴 채 앞으로 나아가며 자신의 첫 흔적을 세상에 남겼다. 내일이면 그는 가난한 가족에게로 돌아가, 그 나이 든 팔이 감당할 수 있는 것보다 더 많은 생명을 먹이는 책임을 지게 될지 모른다. 하지만 그는 이미 이곳에서 자신의 진정한 무게를 느꼈다. 인간의 삶을 살기에는 너무도 가볍지만 허리띠 속에 납덩이를 넣어 꿰매어 눈속임을 한 대천사처럼, 바르크는 금실 가죽 슬리퍼를 간절히 원하는 어린이들의 손에 이끌려 땅으로 당겨진 채 힘겹게 앞으로 걸어가고 있었다.

7

    사막이 그러하다. 놀이의 규칙에 불과한 『코란』 한 권이 사막의 모래를 제국으로 변모시킨다. 텅 빈 것 같은 사하라 사막 저 깊숙한 곳에서 인간의 열정을 뒤흔드는 은밀한 연극이 펼쳐진다. 사막의 진정한 삶은 목초를 찾아 나서는 부족들의 대이동으로 이루어지는 것이 아니라, 그곳에서 지금껏 한결같이 펼쳐지는 연극으로 이루어진다. 정복된 사막의 모래와 정복되지 않은 사막의 모래는 그 얼마나 다른지! 또 인간살이가 다 그렇지 않겠는가? 완전히 변모된 사막을 마주하며, 나는 어린 시절 했던 놀이를 떠올린다. 우리가 신들로 가득 채워놓던 어두침침한 황금빛 공원, 속속들이 다 알지도 뒤져보지도 못한 그 1제곱킬로미터 정육면체 공간으로부터 우리가 끌어내던 무한한 왕국이 떠오른다. 우리는 폐쇄된 문명을 만들어갔는데, 그곳에서는 발자국에도 독특한 맛이 있었고 다른 어느 곳에서도 허락되지 않던 어떤 의미가 사물마다 깃들어 있었다. 어른이 되어 다른 법칙의 지배를 받게 되면, 어린 시절 그림자로 가득한 그 마법의 공원, 얼어붙어 있으면서도 불타오르던 공원의 그 무엇이 남아 있을까? 돌아가 공원을 에워싼 회색 돌담을 따라가면서 우리는 절망을 느낀다. 예전에는 무한하게 펼쳐졌던 왕국이 이토록 좁은 울타리 안에 갇혀 있다는 사실에 놀라면서, 이제 더 이상 그 무한 속으로 들어가지 못하리라는 사실을 깨닫는다. 그러려면 공원이 아니라 그때 그 놀이 속으로 들어가야 할 테니까.

하지만 이제 반군 지대는 그 어디에도 없다. 쥐비곶, 시스네로스, 푸에르토칸사도*, 사기아 엘함라, 도라, 스마라** 그 어디에도 신비로움은 없다. 따뜻한 손아귀에 잡히면 이내 제 빛깔을 잃고 마는 곤충처럼, 우리가 향해 달려가던 지평선은 하나둘 빛을 잃었다. 하지만 그 지평선을 쫓던 이가 환상에 사로잡혀 그랬

---

* 푸에르토칸사도Puerto-Cansado. 모로코 라윤Laayoune 지방에 위치한 해안 사막지대.
** 아랍어로 '붉은 수로'를 뜻하는 '사기아 엘함라Saguet-El-Hamra 또는 Seguia el-Hamra'는 서사하라 북부지역 및 수로 이름. 이 수로는 서사하라 북부 내륙에 위치한 도시 '스마라Smarra'를 지난다.

던 것은 아니다. 그 지평선을 발견하고 이를 향해 달려갈 때 우리는 착각하고 있는 것이 아니었다. 『천일야화』의 술탄 역시 착각하지 않았다. 단지 그가 찾아헤맨 것이 너무도 섬세한 물질이었기에, 아름다운 여자 포로들은 그저 손이 스쳤을 뿐이건만 날이 밝았을 때에 날개의 금빛을 잃고 한 명씩 술탄의 품 안에서 꺼져간 것이다. 우리는 사막에서 마법이라는 양분을 먹었다. 다른 어떤 이들은 그곳에 송유관을 파고 석유를 팔아 부자가 될 수도 있다. 하지만 그들은 너무 늦게 도착했을 것이다. 금단의 종려나무 숲이나 사람의 발길이 닿지 않은 조개껍질 가루가 자기들의 가장 소중한 것을 이미 우리에게 내주어버렸기 때문이다. 그들은 단 한 시간의 열정만을 내줄 수 있었는데, 이를 경험한 것은 다름 아닌 우리였다.

사막? 언젠가 나는 사막의 심장부에 가닿는 경험을 할 수 있었다. 1935년 인도차이나로 향하던 도중에 나는 이집트의 리비아 접경 지역에서 끈끈이에 붙들리듯 사막에 붙들렸고, 그곳에서 목숨을 잃을 줄 알았다. 이제 그 이야기를 하겠다.

제7장

사막 한가운데서

*

1

지중해로 들어서자 낮게 깔린 구름이 보였다. 나는 20미터 고도로 하강했다. 소낙비가 방풍창에 부딪쳤고, 바다에서는 연기가 피어오르는 것 같았다. 나는 혹시라도 선박의 돛대를 들이받을까 봐 앞을 잘 보려고 무척 애를 쓴다.

함께 있던 기관사 앙드레 프레보가 담뱃불을 붙여 준다.

"커피 좀…"

그는 비행기 안쪽으로 사라졌다가 보온병을 들고
온다. 나는 커피를 마신다. 그리고 엔진 분당 회전수
를 2100으로 유지하려고 가끔 가스 핸들을 슬쩍 튕
겨준다. 나는 계기판을 죽 훑어본다. 부하들이 내 뜻
에 잘 따라주어서 계기 바늘은 모두 제자리를 지키고
있다. 빗줄기 속에서 펄펄 끓는 거대한 냄비처럼 김
을 내뿜는 바다를 힐끔 쳐다본다. 지금 만일 수상비행
기를 타고 있었으면, 바다가 너무 '골이 깊다'며 안타
까워했으리라. 하지만 나는 일반 비행기를 타고 있었
다. 골이 깊건 아니건 바다에 착륙할 수는 없다. 왠지
모르겠지만 그래서 안전하다는 터무니없는 생각을 한
다. 바다는 나에게 속하지 않은 세상이다. 비행기 고
장 따위는 나와 상관없는 일이었고, 위협도 느끼지 않
았다. 나는 바다에 대처할 장비를 전혀 갖추고 있지
않았으니까.

한 시간 반을 비행하자 비가 잦아든다. 구름은 여전
히 아주 낮게 깔려 있지만, 거대한 미소처럼 햇살이
비쳐든다. 서서히 맑아지는 날씨에 탄복한다. 머리 위

로 하얀 솜이 얇게 깔려 있음을 느낀다. 구름 한 조각을 피하려고 선회한다. 구름 한가운데를 가로질러 갈 필요가 더 이상 없었으니까. 그리고 이제 구름이 갈라진 틈이 나타난다….

보이지는 않았지만 나는 이 갈라진 틈을 예감하고 있었다. 앞쪽 바다 위로 들판 빛깔의 긴 줄무늬, 깊은 연초록빛 오아시스를 얼핏 보았기 때문이다. 그건 세네갈에서 3000킬로미터를 날아 모래 지대를 지나 올라올 때, 모로코 남부 지방에서 내 가슴을 저릿하게 하던 그 보리밭을 떠올리게 했다. 지금 이곳에서도 그때처럼 사람이 사는 지역에 진입했음을 느끼며 가벼운 쾌감을 맛본다. 나는 프레보를 돌아본다.

"이제 끝났어, 만사형통일세!"

"그래, 만사형통이로군…."

튀니스다. 휘발유를 채우는 동안 나는 서류에 서명을 한다. 그런데 사무실을 나서는 순간, 다이빙할 때 날 법한 "퐁!" 소리가 들린다. 울림도 없는 그 둔탁한 소리가. 바로 그 순간 예전에 이런 소리를 들었던 기억이 났다. 격납고에서 난 폭발음이었다. 그 걸걸한 기침에 두 사람이 죽었다. 나는 활주로를 따라 난 도로를 돌아본다. 먼지가 피어오르고, 질주하던 자동차 두 대가 충돌해서 얼음 속에 갇힌 듯 정지해 있었다. 어떤 이들은 자동차를 향해 달려가고, 다른 이들은 우리에게 달려온다.

"전화해요… 의사를 부르게… 머리가…"

나는 심장이 조여옴을 느낀다. 저녁나절의 고요한 빛 속에서 운명이 이제 막 습격에 성공했다. 아름다움 하나가, 지성 하나가, 또는 생명 하나가 유린당했다… 반란군은 이렇게 사막에서 전진해 오고 있었는데, 아무도 그들이 모래를 밟는 유연한 발걸음 소리를 듣지 못했다. 숙영지에서 무장습격에 대한 이야기가 잠깐 돌았다. 그런 후 모든 것이 다시 금빛 침묵 속으로 가라앉는다. 똑같은 평화, 똑같은 고요… 곁에서 누군가 두개골절에 대해 이야기한다. 나는 피로 물들어 꿈쩍하지 않는 그 이마에 대해 전혀 알고 싶지 않다. 그래서 몸을 돌려 비행기로 되돌아간다. 하지만 마음속에서 위협이 가시지 않는다. 이제 조금 있으면 나도 그 소리를 듣게 되리라. 시속 270킬로미터로 검은 고원을 스칠 때, 그 걸걸한 기침 소리를 듣게 되리라. 운명이 약속 장소에서 우리를 기다리고 있다가 내는 한결같은 그 기합 소리를.

이제 벵가지*로 출발한다.

2

비행 중이다. 해가 지려면 아직 두 시간이 남았다. 트리폴리타니아**에 다가갈 때 이미 나는 선글라스를 벗어버렸다. 모래가 황금빛으로 물든다. 맙소사, 이 지구는 참으로 황량한 곳이로구나! 다시 한 번, 이 행성에 강물과 무성한 나무그늘, 인간의 주거지가 존재하는 것은 행복한 우연이라는 생각이 든다. 암석과 모래가 얼마나 넓은 영역을 차지하고 있는지!

하지만 이 모든 것은 내게 낯설다. 나는 비행의 영

---

*벵가지Benghazi. 리비아 북동부 지중해에 면한 도시. 리비아에서 두 번째로 큰 도시다.
**트리폴리타니아Tripolitaine. 리비아 북서부에 위치한 역사적 지역. 주도는 리비아의 수도인 트리폴리다.

역에서 사는 사람이니까. 사원에 틀어박히듯 스스로를 가두어두는 밤이 다가옴을 느낀다. 구원 없는 명상을 하며 은밀한 제례의식 속에 자신을 가두어두는 밤. 이 모든 세속세계는 이미 지워지고 있으며 이내 사라질 것이다. 이 모든 풍경은 아직 금빛을 머금고 있지만, 거기에서 이미 무엇인가가 증발하고 있다. 나는 지금 이 시간만큼 값진 것을 정말 아무것도 알지 못한다. 비행에 대한 설명할 수 없는 사랑을 경험한 이들은 나를 잘 이해할 것이다.

그리하여 나는 태양을 서서히 저버린다. 고장이 날 경우 나를 맞이해주었을 너른 금빛 지표면을 포기한다… 나를 인도해주었을 지표들을 저버린다. 장애물을 피하도록 도와주었을 하늘에 그려진 산들의 윤곽도 저버린다. 나는 밤으로 들어선다. 나는 비행한다. 이제 나에게는 별밖에 없다….

세상의 죽음은 이렇게 느리다. 빛은 아주 서서히 사라진다. 대지와 하늘이 차츰 뒤섞인다. 대지가 위로 올라와 수증기처럼 퍼지는 것 같다. 처음 나타난 별들이 초록빛 물속에 있는 것처럼 떨린다. 이 별들이 단단한 다이아몬드로 변하려면 오래 기다려야 한다. 별 똥별이 벌이는 고요한 유회를 보려면 더 한참을 기다려야 할 것이다. 어느 깊은 밤에는 너무도 많은 불꽃이 내달리는 바람에 마치 별들 사이로 거센 바람이 부는 것처럼 보인 적도 있었다.

프레보는 고정 램프와 비상 램프를 시험해본다. 그는 붉은 종이로 전구를 감싼다.

"한 겹 더…"

프레보는 한 겹을 더 싼 후 스위치를 켜본다. 아직 너무 환하다. 이 조명은 사진관에서처럼 바깥세상의 창백한 영상을 더욱 희미하게 만들어버릴 것이다. 이 조명 때문에 밤이면 사물에 더욱 들러붙곤 하는 그 가벼운 연한 껍질이 파괴되고 말 것이다. 밤이 내렸다. 하지만 아직 진정한 밤은 아니다. 초승달이 남아 있다. 프레보는 안쪽으로 가서 샌드위치를 하나 들고 온다. 나는 포도를 조금 먹는다. 배는 고프지 않다. 배도 안 고프고 목도 안 마르다. 전혀 피로감이 느껴지지 않았고, 이렇게 10년은 더 비행기를 몰 수 있을 것 같다.

달이 죽어버렸다.

컴컴한 밤 속에서 벵가지가 가까워진다. 벵가지는 아주 깊은 어둠에 잠겨서 희미한 빛조차 내뿜지 않는다. 벵가지에 이르러서야 시가지가 슬쩍 보인다. 비행장을 찾고 있는데 붉은 활주로 표지등에 불이 들어온다. 불빛이 검은 직사각형 윤곽을 뚜렷이 그린다. 나는 선회한다. 관제등 불빛이 마치 소방 호스에서 뿜어나오는 물줄기처럼 하늘로 뻗쳐오르더니 방향을 바꾸어 비행장 위에 금빛 도로를 그린다. 장애물을 확인하려고 나는 다시 선회한다. 이 비행장의 야간 시설은 참으로 훌륭하다. 나는 속력을 줄이고, 마치 검은 물속으로 잠수하듯 하강을 시작한다.

착륙한 때가 현지 시각으로 밤 열한 시. 나는 관제등 쪽으로 비행기를 몬다. 세상에서 더없이 정중한 장교와 군인들이 어둠에서 나타나 강한 관제등 불빛 아래로 나타났다 사라졌다, 한 명씩 차례로 지나간다. 그들은 내게서 서류를 받은 후 휘발유를 가득 채운다. 통과 수속은 20분이면 끝날 것이다.

"한 번 선회한 후에 우리 위쪽으로 지나가십시오. 안 그러면 제대로 이륙이 끝났는지 저희가 모를 테니까요."

출발.

나는 이 황금빛 도로를 달려 장애물이라고는 없는 통로를 향해 비행기를 몰아간다. 나의 '시문*'형 비행기는 활주로가 끝나기 전에 초과 적재물을 실은 그 몸뚱이를 공중에 띄운다. 탐조등이 뒤에서 따라오며 비추는 바람에 선회하는 데 애를 먹는다. 그러다 마침내 불빛이 나를 놓아준다. 누군가가 나의 눈부심을 짐작했으리라. 내가 수직으로 선회하는데, 탐조등이 내 얼굴로 다시 잠깐 비추는가 싶더니 곧장 달아난다. 그 기다란 금빛 플루트는 다른 곳으로 뻗는다. 이런 배려에서 극도의 정중함이 느껴진다. 이제 나는 다시 사막을 향해 비행기를 돌린다.

파리와 튀니스, 벵가지로부터 비행기 뒤쪽으로 시속 30~40킬로미터의 순풍이 분다는 기상 통보가 왔

---

* 코드롱 시문Caudron Simoun은 당시 코드롱 사에서 만든 관광용 비행기로, 생텍쥐페리가 소유한 바 있다.

197

다. 나는 시속 300킬로미터로 순항하리라 예상한다. 그리고 알렉산드리아와 카이로를 잇는 직선 구간 한복판으로 진로를 맞춘다. 이렇게 하면 해안의 금지 구역을 피할 수 있을 것이고, 설령 예상치 못한 편류를 만난다 해도 도시들에서 비쳐오는 불빛을, 아니 좀 더 넓게 잡으면 나일 강 계곡에서 비쳐오는 불빛을 오른쪽 아니면 왼쪽에서 포착할 수 있을 것이다. 바람에 변함이 없으면 세 시간 20분, 바람이 잦아들면 세 시간 45분 동안 비행할 것이다. 나는 1050킬로미터에 걸친 사막을 들이켜기 시작한다.

이제는 달도 없다. 별들까지 쭉 뻗은 검은 아스팔트. 이제는 불빛 하나 보이지 않고, 어떤 이정표의 도움도 받지 못할 것이다. 또 무전기가 없으니 나일 강에 이르기 전에는 사람이 보내오는 신호도 전혀 받지 못할 것이다. 나는 나침반과 스페리* 말고는 아예 아무것도 쳐다보려 하지 않는다. 이제는 더 이상 아무것에도 신경 쓰지 않고, 오로지 시커먼 계기판 위로 보이는 가느다란 라듐 선의 느릿한 호흡에만 집중한

* 스페리Sperry 자이로스코프 사에서 만든 자이로스코프.

다. 프레보가 움직일 때면 가만히 중심 편차를 조절한다. 순풍이 분다고 통보받은 2000미터 고도로 상승한다. 엔진 계기판이 전부 형광이 아니기에 나는 이따금 램프를 켜서 계기판을 살펴보지만, 대부분의 시간을 암흑 속에 푹 파묻혀 있다. 별들과 똑같은 광물성의 빛, 별들과 마찬가지로 소진되지 않는 은근한 빛을 퍼뜨리는 그 미세한 별자리들 사이에서 말이다. 나도 천문학자들과 마찬가지로 천체 역학에 대한 책을 읽고 있는 셈이다. 내가 그들과 마찬가지로 학구적이고 순수한 사람이라고 느낀다. 바깥세상에서는 모든 빛이 꺼졌다. 프레보는 애써 버티다가 잠이 들고, 나는 고독을 만끽한다. 엔진이 부드럽게 웅웅거리고, 계기판 위로 고요한 별들이 무수히 펼쳐져 있다.

나는 곰곰이 생각에 잠긴다. 우리는 달빛의 인도를 받을 수도 없고 무전기도 없다. 나일 강이 드리우는 불빛 그물에 걸릴 때까지는 우리를 세상에 연결해줄, 하다못해 가느다란 끈 하나 없는 것이다. 우리는 만물의 바깥에 있으며, 오로지 엔진만이 우리를 허공에 띄워 이 아스팔트 속에 머물러 있게 해준다. 우리는 동화 속에 나오는 시련의 검은 골짜기를 건너는 중이다. 이곳에서는 구조를 기대할 수 없다. 이곳에서는 실수가 용납되지 않는다. 우리는 신의 뜻에 내맡겨져 있을 뿐이다.

배전반의 이음새로 한 줄기 불빛이 새어나온다. 나는 프레보를 깨워 그걸 안 보이게 해달라고 한다. 프레보는 어둠 속에서 곰처럼 몸을 부르르 떨더니 앞으로 나와서, 손수건과 검은 종이를 이리저리 이어붙이는 데 열중한다. 곧 나의 빛줄기가 사라졌다. 그 빛줄기는 이 세상의 균열을 이루면서, 창백하고 희미한 라듐 불빛과는 전혀 다른 성질을 띠고 있었다. 그건 나이트클럽의 불빛이지 별빛이 아니었다. 하지만 무엇보다 그 빛은 내 눈을 부시게 해서 다른 빛을 지워버리고 있었다.

비행 세 시간째. 강해 보이는 빛이 내 오른쪽에서 솟아오른다. 그 빛을 쳐다본다. 이제껏 보이지 않던 기다란 빛의 흔적이 날개 끝에 달린 램프에 걸린다. 간헐적인 빛으로, 강했다가 약해지곤 했다. 그렇다, 나는 구름 속으로 들어선 것이고, 구름에 램프가 반사되는 것이었다. 이제 지표물이 다가오고 있었으니, 하늘이 맑기를 바랐는데 말이다. 날개가 빛을 받아 환해진다. 그 빛이 자리를 잡고 밝게 빛나더니 아래쪽에 장밋빛 꽃다발을 이룬다. 두터운 난기류가 나를 뒤흔든다. 나는 지금 두께를 알 수 없는 뭉게구름 속 어딘가를 비행하고 있다. 2500미터까지 올라가보지만 구름을 벗어나지 못한다. 다시 1000미터로 하강한다. 꽃다발은 꿈쩍하지 않은 채 섬섬 더 화려해진다. 좋아. 할 수 없지. 나는 다른 생각을 한다. 여기에서 벗어나면 알게 되겠지. 하지만 음침한 여인숙을 연상케 하는 저 불빛이 영 찝찝하다.

나는 상황을 파악해본다. '여기서 좀 요동치긴 하지만 이건 정상이다. 하지만 하늘이 맑고 고도가 꽤 되는데도 비행 내내 난기류를 겪었다. 바람이 전혀 잦아들지 않았으니, 지금 내 속도는 시속 300킬로미터를 족히 넘었을 거다.' 결국 분명한 것이라고는 하나도 없다. 구름을 벗어나면 내 위치를 파악해보아야겠다.

그러다 구름에서 빠져나온다. 꽃다발이 별안간 사라졌다. 이 사라짐은 사건을 예고한다. 앞을 바라보니 제대로 보이는 건 없지만, 좁다란 하늘 계곡과 다가올 뭉게구름 벽이 보인다. 꽃다발은 되살아나 있었다.

이 끈끈한 것에서 절대 못 빠져나가리라. 단 몇 초 동안 벗어날 수 있을 뿐. 세 시간 30분 동안 비행하고 난 이 시각, 이 구름이 걱정스러워지기 시작한다. 예상 대로 비행해 왔다면 이제 나일 강에 가까워지고 있을 터였다. 운이 좋으면 비좁은 구름 틈새로 나일 강을 볼 수 있을지 모르지만, 틈새는 그리 많지 않다. 감히 더 내려갈 엄두를 못 내겠다. 혹시 비행 속도가 생각보다 느리다면, 아직도 고지 위를 날고 있을 테니까.

그래도 나는 전혀 불안하지 않다. 그저 시간을 허비할까 걱정될 뿐이다. 하지만 마음 놓고 있을 수 있는 비행시간 한계를 네 시간 15분이라고 정해놓는다. 이 시간이 지나면, 바람의 속도가 설령 0이라 해도 이미 나일 강 계곡을 지났어야 할 것이다. 그런데 바람의 속도가 0인 상황은 있을 수 없다.

구름 가장자리에 이르자 꽃다발은 점점 더 다급히 깜빡이더니 갑자기 꺼져버린다. 밤의 악마와 주고받는 암호와도 같은 이런 교신이 마음에 들지 않는다.

등댓불처럼 밝은 초록 별 하나가 앞에 나타난다. 이

게 별인가 아니면 등대인가? 이 초자연적인 빛, 이 마법사의 별, 이런 위험스러운 초대 모두 마음에 들지 않는다.

프레보가 깨어나 엔진 계기판에 램프를 비춘다. 나는 프레보와 그가 든 램프를 모두 밀어낸다. 이제 막 구름 틈새로 들어선 참이라서 이 기회를 이용해 아래쪽을 살펴본다. 프레보는 다시 잠이 든다.

하지만 아무것도 보이지 않는다.

비행 네 시간 5분째. 프레보가 내 곁에 와서 앉는다.

"카이로에 도착할 때가 됐는데…"

"그러게 말이야…"

"그런데 저게 별이야 등대야?"

엔진 출력을 조금 낮추었는데, 아마 그 때문에 프레보가 잠에서 깼을 것이다. 그는 비행 중에 나는 온갖 소리에 민감했다. 나는 천천히 하강을 시작해 구름 덩어리 아래로 미끄러져 들어간다.

막 지도를 살펴보았다. 어쨌거나 이제는 고도 제로에 들어섰다. 그러니 위험할 건 하나도 없다. 나는 계속 하강하며 정북으로 기수를 돌린다. 이렇게 하면 창문을 통해 시가지의 불빛이 보일 것이다. 시가지를 이미 지나쳤을 테니, 이제 거기에서 나오는 불빛이 왼쪽으로 보일 것이다. 뭉게구름 아래로 비행한다. 하지만 왼쪽으로 좀 더 낮게 내려앉아 있는 다른 구름이 있기에 그 가장자리를 따라간다. 그 구름에 걸려들지 않도록 돌아가며 북북동을 향해 간다.

이 구름은 보다 아래까지 내려가 있는 게 틀림없었고, 그래서 지평선이 하나도 안 보인다. 감히 더 이상 고도를 낮추지 못하겠다. 고도계 수치가 400에 이르렀지만 이곳의 기압에 대한 정보가 없다. 프레보가 몸을 기울인다. 나는 그에게 외친다. "쭉 가서 바다에 착륙하겠네. 충돌하지 않으려면 그 수밖에 없겠어…"

사실 이미 바다에서 표류하고 있을지도 모른다. 이 구름 아래쪽 암흑은 도무지 뚫고 들어갈 수 없다. 창문에 딱 달라붙어서 아래에 무엇이 있는지 읽어내려 한다. 불빛이나 신호를 찾으려 애쓴다. 나는 마치 잿더미를 뒤적이는 사람 같다. 아궁이 깊숙한 곳에서 생명의 불씨를 찾아내려 애쓰는 사람 같다.

"등대다!"

우리는 명멸하는 함정을 동시에 발견했다. 미칠 노릇이었다! 이 유령 등대, 이 밤의 발명품이 대체 어디에 있었던 걸까? 왜냐하면 프레보와 내가 그 등대를 다시 찾아내려고 몸을 기울인 순간, 비행기 날개 아래 300미터 지점에서 갑자기….

"아!"

나는 이 말뿐, 다른 말은 한 마디도 하지 못한 것 같다. 지축을 뒤흔드는 엄청난 우지끈 소리 말고는 아무것도 듣지 못한 것 같다. 우리는 시속 270킬로미터로 땅을 들이받았다.

뒤이은 100분의 1초 동안 나는 솔직히, 거대한 자줏빛 폭발이 일어나 우리 둘이 꼼짝없이 한데 녹아들고 말 거라고 생각했다. 프레보나 나는 그 어떤 미세한 감정도 느끼지 않았다. 내 마음속에는 우리를 한순간에 날려버릴 그 눈부신 별에 대한 엄청난 기다림밖에는 없었다. 하지만 자줏빛 별 같은 것은 없었다. 지진 같은 게 일어나 우리 조종석을 엉망으로 만들어놓았을 뿐이다. 그 지진은 창문을 쥐어뜯고 강철판을 100미터까지 날려 보내고 우리의 창자 속까지 뒤흔들어놓았다. 비행기는 마치 멀리에서 날아와 단단한 나무에 박힌 칼처럼 부르르 떨렸다. 그리고 우리는 그 분노에 휩쓸려 이리저리 굴러다녔다. 1초, 2초… 비행기는 여전히 진동했고, 나는 연료 탱크의 휘발유로 인해 비행기가 수류탄처럼 터지기를 끔찍하도록 초조한 마음으로 기다렸다. 그런데 땅속 떨림은 계속되었으나, 끝내 폭발은 일어나지 않았다. 나는 이 보이지 않는 사건에 대해 아무것도 이해할 수 없었다. 이 떨림, 이 분노, 이 끝나지 않는 기다림을 도무지 이해할 수 없었다. 5초, 6초… 그러더니 별안간 회전하는 느낌과 충격이 전해지면서, 담배가 창문 바깥으로 날아갔고 비행기 우측 날개가 산산조각 나더니 잠잠해졌다. 얼어붙은 정적, 오로지 그뿐이었다. 나는 프레보에게 소리쳤다.

"빨리 뛰어내려!"

프레보도 동시에 외쳤다.

"불이야!"

그런데 우리는 튕겨나간 창문을 통해 이미 바깥에

내동댕이쳐져 있었다. 그리고 비행기에서 20미터 떨어진 곳에 서 있었다. 나는 프레보에게 물었다.

"다친 데 없나?"

그는 대꾸했다.

"다친 데 없네!"

그러면서도 그는 자기 무릎을 문지르고 있었다.

나는 그에게 말했다.

"몸을 더듬어보고 이리저리 움직여보게. 정말 아무데도 안 부러졌는지 확실히 말해보라고…"

그러자 그가 답했다.

"아무것도 아닐세. 그냥 비상 펌프가…"

나는 프레보가 머리부터 배꼽까지 쫙 갈라지며 별안간 쓰러질 것 같은 생각이 들었지만, 그는 내 눈을 똑바로 쳐다보며 연신 말했다.

"비상 펌프가…!"

나는 그렇게 생각했다. 저 친구가 미쳤군, 이제 덩실덩실 춤을 추겠지….

하지만 프레보는 불타지 않은 비행기에서 시선을 돌려 나를 쳐다보면서 말을 이었다.

"아무것도 아니야. 비상 펌프가…"

3

　우리가 살아 있다니 도무지 설명할 수 없는 일이었다. 나는 전기 램프를 손에 들고 바닥에 남은 비행기의 흔적을 따라가보았다. 비행기가 멈춰선 지점에서 250미터 떨어진 곳에서부터 이미, 비행기가 흩뿌려 놓은 뒤틀린 철 조각이며 철판이 보였다. 날이 밝으면 우리는 황량한 어느 고원의 완만한 비탈에 거의 접선으로 충돌하였음을 알게 될 것이다. 충돌 지점 모래에 난 구멍은 쟁기 날에 파인 구멍 같았다. 비행기는 뒤집히지 않고 바닥에 배를 깔고서 뱀 꼬리처럼 분노에 차 꿈틀거리며, 시속 270킬로미터로 사면을 기어 올라갔다. 우리가 목숨을 구한 것은 분명 그 둥글고 검은 돌멩이들 덕분이었다. 그 돌멩이들이 모래 위에서 제멋대로 구르며 쟁반에 담긴 구슬 같은 역할을 해주었던 것이다.

프레보는 누전으로 뒤늦게 화재가 발생하지 않도록 축전지의 전원을 차단한다. 나는 엔진에 등을 기대고 곰곰이 생각해본다. 높은 고도에서 네 시간 15분 동안 시속 50킬로미터의 바람을 타고 비행했을 테고, 실제로 기체가 요동을 치기도 했다. 하지만 만일 기상예보 이후로 바람의 방향이 바뀌었다면, 나로서는 바람이 불어온 방향을 전혀 모른다. 그러니 지금 나는 변이 400킬로미터인 정사각형 내부 어딘가에 있는 셈이다.

프레보가 곁에 와 앉으며 말한다.

"우리가 살아 있다니 정말 대단해…"

나는 아무런 대꾸도 하지 않고, 그 어떤 기쁨도 느끼지 않는다. 어떤 생각이 퍼뜩 떠올라 괴로웠던 것이다.

나는 프레보에게 우리의 현재 위치를 알아볼 수 있도록 갖고 있는 램프에 불을 켜놓으라고 부탁한 후, 내 램프를 손에 들고 정면을 향해 걸어간다. 그러면서 주의 깊게 바닥을 살펴본다. 천천히 나아가며 반원을 그린 후, 방향을 몇 번 바꾼다. 잃어버린 반지라도 찾아 헤매듯 나는 바닥을 샅샅이 살핀다. 아까는 이런 식으로 불씨를 찾아 헤맸다. 나는 하얀 원반 위로 몸을 굽힌 채 어둠 속에서 계속 나아간다. 그래, 그거로구나… 바로 그거야… 나는 천천히 비행기 쪽으로 올라간다. 조종실 가까이에 앉아 생각에 잠긴다. 희망을 가질 이유를 찾아 헤맸는데, 그 이유를 하나도 찾지 못했다. 생명이 전하는 어떤 신호를 찾아 헤맸는데, 생명은 전혀 신호를 보내주지 않았다.

"프레보, 풀이 한 포기도 안 보여…"

프레보는 입을 다문다. 내 말을 알아들은 건지 모르겠다. 날이 밝아 어둠의 장막이 걷히면 이 이야기를 다시 주고받겠지. 나는 심한 피로를 느끼며 이렇게 생각한다. "사막 한복판 400킬로미터 지점…!" 그러다 벌떡 일어선다.

"물!"

휘발유 탱크도 기름 탱크도 터져버렸다. 물 탱크 역시 마찬가지였다. 모래가 이들을 전부 마셔버렸다. 우리는 거의 박살난 보온병 바닥에서 커피 반 리터를, 또 다른 보온병에서 백포도주 4분의 1리터를 찾아낸다. 우리는 그것들을 필터로 걸러 섞는다. 또 포도 약간과 오렌지 한 개도 찾아낸다. 나는 계산해본다. "사막의 태양 아래에서 다섯 시간만 걸어도 이건 바닥나 버릴 텐데…"

우리는 조종실에 자리를 잡고 날이 밝기를 기다린다. 나는 드러누워 잠을 청한다. 잠을 청하며 상황을 정리해본다. 현재 위치를 전혀 모른다. 가진 음료는 1리터도 안 된다. 만약 우리 위치가 대충 벵가지-카이로 직선 항로 위라면 우리를 찾는 데 일주일은 걸릴 테고, 더 빨리 찾아낼 가망은 없다. 하지만 그때면 이미 늦을 것이다. 만일 우리가 옆으로 편류해 온 거면 6개월 후에나 우리를 찾아낼 거다. 비행기만으로는 어림도 없다. 3000킬로미터 거리를 뒤지고 다녀야 할 테니까.

"아! 아쉬운 걸…" 프레보가 내게 말한다.

"뭐가?"

"그냥 단번에 끝장날 수도 있었는데…!"

하지만 그렇게 빨리 포기해서는 안 된다. 프레보와 나는 정신을 가다듬는다. 아무리 가능성이 희박하다 해도, 비행기로 기적적으로 구조될 기회를 놓쳐서는 안 된다. 또 가만히 한자리에 머물러 있느라, 혹시 근처에 있을지도 모르는 오아시스를 그냥 놓치는 일이 있어서도 안 된다. 우리는 오늘 하루 종일 걸을 것이다. 그리고 비행기로 되돌아올 것이다. 떠나기 전에 우리 계획을 대문자로 커다랗게 모래 위에 적어놓아야지.

그러니 지금은 몸을 둥그렇게 말고서 날이 밝을 때까지 잠을 잘 것이다. 잘 수 있어서 참으로 행복하다. 피로가 몇 겹으로 나를 감싼다. 사막에서 나는 혼자가 아니다. 나의 반수면 상태는 목소리들, 추억, 속삭이는 내밀한 고백으로 가득 차 있다. 나는 아직 갈증이 나지 않으며 몸 상태가 좋다고 느낀다. 그래서 모험에라도 나서듯 나 자신을 잠에 내맡긴다. 꿈 앞에서 현실이 그 터를 잃는다….

아아! 하지만 날이 밝자 현실은 완전히 달라져 있었으니!

4

나는 사하라 사막을 참 좋아했다. 반군 지역에서 여러 밤을 보내기도 했다. 수면처럼 바람이 물결 흔적을 남기는 그 너른 황금빛 공간에서 자다가 깬 적도 있다. 또 그곳 비행기 날개 밑에서 잠을 자며 구조를 기다린 적도 있지만, 지금 이건 그에 비견할 만한 상황이 아니었다.

우리는 굽이치는 비탈 위를 걷는다. 반짝이는 검정 돌멩이로 된 층이 모래로 된 땅 전체를 덮고 있다. 그 돌멩이는 마치 작은 금속 비늘 같고, 우리를 에워싼 둥근 언덕들은 갑옷처럼 빛난다. 우리는 광물성 세계로 추락했다. 철제 풍경 속에 갇힌 것이다.

첫 봉우리를 넘어가자 멀지 않은 곳에 비슷하게 생긴 검고 반짝이는 다른 봉우리가 보인다. 우리는 되돌아올 수 있도록 지나간 흔적을 남기려 발을 질질 끌며 걷는다.

태양을 마주보고 걷는다. 정동 방향을 향해 가기로 결정을 내린 건 논리적으로 전혀 이치에 맞지 않았다. 모든 정황, 즉 기상 상태나 비행 시간을 따져보았을 때, 이미 나일 강을 건넜다고 생각되었기 때문이다. 처음에는 서쪽을 향해 걸어보았는데, 도무지 설명할 수 없는 불편함을 느꼈다. 그래서 서쪽으로는 내일 가보기로 했다. 바다로 이어지기는 길이기는 하지만 일단 북쪽도 포기했다. 사흘 후, 우리가 반쯤 미친 상태에서 비행기를 완전히 버려두고 쓰러질 때까지 곧장 앞으로 걸어가기로 결정할 때에도 우리는 역시 동쪽을 향해 갈 것이다. 더 정확히 말하면 동북동을 향해서. 그리고 이 역시, 모든 희망과 논리에 어긋나는 결정이었다. 일단 구조된 후, 우리는 동북동이 아닌 다른 방향으로 갔으면 결코 살아올 수 없었으리라는 사실을 알게 될 것이다. 북쪽으로 갔으면 너무 지쳐서 바다까지 도달하지 못했을 것이기 때문이다. 정말 어처구니없어 보이지만, 지금 생각해보면 우리 선택에 근거가 될 만한 아무런 지표도 없었는데, 그 방향이 안데스 산맥에서 내가 그토록 찾아 헤매던 친구 기요메를 구해주었던 방향이기에, 그 이유 하나 때문에 선택했던 것 같다. 나에게 동쪽은 막연히 생명의 방향이었던 것이다.

다섯 시간 정도 걷고나자 풍경이 바뀐다. 모래로 된 강이 골짜기 안으로 흐르는 것처럼 보인다. 우리는 그 골짜기 바닥으로 들어서서 성큼성큼 걷는다. 가능한 멀리까지 갔다가, 아무것도 발견하지 못하면 밤이 되기 전에 되돌아가야 하니까.

그러다 나는 갑자기 멈추어 선다.

"프레보."

"왜?"

"발자국…"

얼마나 오랫동안 발자국 남기는 것을 잊고 있었던가? 발자국을 찾아내지 못하면 이는 곧 죽음이다. 우리는 길을 오른쪽으로 약간 비켜 되짚어 갔다. 그리고 충분히 멀리 갔을 때 가던 길에서 직각으로 꺾어져 가다가 결국 우리 흔적인 발자국을 찾아낸다.

이렇게 궤적을 연결해놓은 다음, 우리는 다시 길을 떠난다. 열기가 심해지고 신기루가 나타난다. 하지만 아직은 심각한 수준의 신기루는 아니다. 커다란 호수가 생겼다가 다가가면 사라져버린다. 우리는 모래 골짜기를 넘어 가장 높은 언덕으로 기어올라가 지평선을 살펴보기로 한다. 이미 여섯 시간을 걸었다. 큰 걸음으로 걸었으니 총 35킬로미터는 걸었음에 틀림없다. 우리는 검은 산등성이 꼭대기에 간신히 이르러 가만히 자리에 앉는다. 발밑에서 이 모래 골짜기는 돌멩이 하나 없는 사막으로 이어진다. 그 사막의 눈부신 백색이 눈을 따갑게 찌른다. 시선에 닿는 곳이 전부 텅 비어 있다. 하지만 지평선에서는 벌써부터 빛이 장난을 치며 우리를 더욱 혼란에 빠뜨리는 신기루를 만들어낸다. 요새와 회교 사원 첨탑들, 수직으로 뻗은 기하학적 형체들이 보인다. 나는 식물 흉내를 내는 그 커다란 검정 얼룩을 찬찬히 들여다본다. 하지만 그 얼룩 위로는 낮이면 흩어졌다 밤에 다시 생겨날 구름 한 조각이 불쑥 솟아 있다. 그러니까 그 얼룩은 뭉게구름의 그림자일 뿐인 것이다.

더 이상 가보아야 소용없다. 이런 시도로는 아무런 소득도 얻을 수 없다. 비행기로 돌아가야 한다. 우리 동료들이 찾아낼지 모르는 그 붉고 하얀 지표물로 되돌아가야 한다. 동료들의 탐색에 기대를 거는 것은 아니지만, 그것만이 유일한 구원의 길인 것처럼 생각된다. 하지만 무엇보다, 마지막 남은 음료를 그곳에 두고 왔는데, 지금 그걸 반드시 마셔야 한다. 살기 위해 되돌아가야 한다. 우리는 철제 우리와 같은 갈증에서 잠깐 동안밖에 벗어날 수 없는 포로다.

하지만, 어쩌면 삶을 향해 걸어가고 있을지 모르는데 왔던 길로 되돌아가는 것은 어려운 일이다! 신기루 너머의 지평선에는 진짜 도시, 단물이 흐르는 운하와 초원이 펼쳐져 있을지 모른다. 되돌아가야 한다는건 나도 안다. 하지만 이렇게 힘겹게 방향을 바꾸노라니 구렁텅이 속으로 빠져드는 것 같다.

우리는 비행기 옆에 드러누웠다. 60킬로미터를 넘게 걸었다. 마실 것도 다 떨어졌다. 동쪽에서 아무것도 찾아내지 못했고, 이 지역 상공으로 비행해 온 동료도 없었다. 우리가 얼마나 버틸 수 있을까? 벌써부터 이렇게 갈증이 나는데….

우리는 산산조각 난 비행기 날개 파편 몇 조각을 주워 커다란 모닥불을 피울 준비를 했다. 그리고 휘발유와 강한 백색으로 빛나는 마그네슘 판들을 준비했다. 그런 후 불을 피우기 위해 어두워지기를 기다렸다… 사람들은 도대체 어디에 있는 걸까?

이제 불꽃이 피어오른다. 우리의 등불이 사막에서

타오르는 모습을 경건하게 바라본다. 조용하고 밝게 빛나는 우리의 메시지가 찬란히 빛나는 것을 바라본다. 그 메시지는 애처롭기 그지없는 구조의 외침뿐 아니라 많은 사랑을 실어 나르고 있다. 우리는 마실 것을 요구하고 있으면서, 동시에 의사소통을 요청하는 것이다. 밤중에 다른 불이 밝혀지기를, 불을 사용하는 유일한 존재인 인간이 우리에게 불로써 응답해주기를 말이다!

아내의 눈동자가 보인다. 그 눈 말고 다른 것은 하나도 안 보인다. 그 눈이 질문을 던지고 있다. 나를 소중히 여기고 있을지 모르는 모든 이들의 눈동자가 보인다. 그 눈들은 질문을 던지고 있다. 그 모든 시선이 한데 모여 나의 침묵을 꾸짖는다. 나는 응답하고 있는데! 진심으로 응답하고 있는데! 온힘을 다해 응답하고 있는데 말이다. 밤에 이보다 더 밝은 불꽃을 날릴 수는 없는 일 아닌가!

나로서는 할 바를 다했다. 우리는 할 수 있는 일을 다 했다. 거의 아무것도 마시지 않고 60킬로미터를 걸었다. 그리고 이제 아무것도 마시지 못할 것이다.

우리가 오래 기다리지 못한다면, 그게 우리 탓일까? 병 주둥이를 쪽쪽 빨며 거기 그렇게 얌전히 머물러 있을 수도 있었다. 하지만 주석 컵 바닥에 남은 음료를 들이켜는 순간, 시계가 재깍대기 시작했다. 마지막 음료 한 방울을 빨아들인 그 순간, 나는 내리막길에 들어섰다. 시간이 강물처럼 나를 휩쓸어가버리는데 내가 대체 무얼 할 수 있겠는가? 프레보가 울고 있다. 나는 그의 어깨를 다독인다. 그리고 위로해주려고 이렇게 말한다.

"끝장난 거면, 끝장난 거지 뭐."

프레보는 내게 답한다.

"내가 나 때문에 우는 거라고 생각하진 말게…"

그렇다! 물론, 나는 그 당연한 사실을 이미 깨닫고 있었다. 견딜 수 없는 일이란 아무것도 없다. 내일과 그 다음 날을 지내면서 나는 견딜 수 없는 일이란 아무것도 없다는 사실을 깨닫게 될 것이다. 극심한 고통이 존재한다는 사실을 나는 믿지 않는다. 이미 그런 생각을 한 적이 있었다. 언젠가 나는 조종실에 갇혀 익사할 뻔했는데, 그렇게 많이 고통스럽지는 않았다. 이따금 얼굴을 엉망으로 다치기도 했지만, 그렇다고 심각하다는 생각이 들지는 않았다. 지금 이곳에서도 나는 그다지 불안하지 않다. 내일이면 이 점에 대해 더욱 기묘한 사실을 깨달을 것이다. 누가 아는가, 비록 모닥불을 크게 피워두긴 했지만, 나는 어쩌면 사람들이 내 목소리를 들어주기를 이미 포기하고 있었는지도 모른다!

"내가 나 때문에 우는 거라고 생각하진 말게…" 그래, 그랬다. 이것이 진정 견딜 수 없는 일이다. 기다리는 그 눈들이 떠오를 때마다 나는 쓰라림을 느낀다. 벌떡 일어나 곧장 앞으로 내달리고 싶은 욕망에 사로잡힌다. 저곳에서 누군가 조난당하여 나에게 구조 요청을 외치고 있는 것이다!

기묘한 역할 전환이긴 하지만, 내게는 매번 상황이 이렇게 느껴졌다. 하지만 이 사실을 확신하기 위해서 내게는 프레보가 있어야 했다. 프레보 역시 귀에 못이 박히도록 들어온 죽음을 불안해하지는 않을 것이다. 하지만 그에게, 또 내게도 견딜 수 없는 무언가가 있다.

아아! 나는 결국 잠들기로 한다. 그게 하룻밤이 되던 수세기가 되던 잠이 들기로 한다. 일단 잠이 들면 다 똑같다. 또 얼마나 평온할까? 하지만 저곳에서 내지르는 외침, 절망을 담은 저 거대한 불길… 나는 이런 영상을 견딜 수 없다. 조난당하는 그들을 보면서도 팔짱만 낀 채 가만히 있을 수는 없는 노릇이니까! 침묵으로 1초를 보낼 때마다, 그 침묵은 내가 사랑하는 이들을 조금씩 죽인다. 그러자 내 마음속에 커다란 분노가 인다. 늦지 않게 도착해서 저 가라앉는 이들을 구조해내지 못하도록 나를 방해하는 이 족쇄가 대체 왜 존재한단 말인가? 참아요!… 우리가 갑니다…! 당신들을 구하러 말입니다!

마그네슘이 다 타들어가서 불꽃이 붉어진다. 이제는 잿더미만 남았기에 우리는 그 위에서 몸을 덥힌다. 우리의 불빛 메시지는 이제 다 사그라졌다. 그 메시지가 이 세상에서 무엇을 움직이게 했나? 그래! 아무것도 움직이지 못했다는 사실을 나는 잘 알고 있다. 그것은 들리지 않는 기도에 불과했다.

좋다. 나는 잠이나 자야겠다.

5

새벽녘, 우리는 비행기 날개 위를 천으로 훔쳐 페인트와 기름이 뒤섞인 이슬을 컵 바닥에 조금 얻어냈다. 역겨웠지만 우리는 그것을 마셨다. 적어도 입술은 축이는 셈이었다. 이 만찬이 끝난 후 프레보가 내게 말한다.

"다행히도 권총이 있어."

나는 별안간 공격성과 신랄한 적대감을 느끼며 그를 향해 돌아선다. 지금 이 순간, 이런 식의 감정 토로만큼 혐오스러운 건 없을 듯했다. 나는 모든 것이 단순하다고 생각해야만 했다. 세상에 태어나는 일은 단순하다. 성장하는 일도 단순하다. 또 갈증으로 죽는 일도 단순하다.

나는 필요하다면 프레보가 입을 다물도록 한 대 칠 생각으로 그를 힐끔거린다. 하지만 프로베는 이 말을 아주 침착한 태도로 했다. 그는 위생에 대한 문제를 다루듯, 마치 "손을 씻어야겠어."라고 말하듯 이 주제를 거론했다. 그렇다면 우리 의견은 일치하고 있다. 나도 어제 가죽 권총집을 보면서 그런 생각을 했다. 그 생각은 비장한 것이 아니라 이성적인 것이었다. 오직 사회문제만이 비장한 법이다. 우리가 책임지고 있는 사람들을 안심시키지 못하는 우리의 무능력이 비장하지, 권총은 하나도 비장하지 않다.

여전히 아무도 우리를 찾으러 오지 않는다. 아니, 좀 더 정확히 말하자면, 사람들은 분명 엉뚱한 곳에서 우리를 찾아 헤매고 있을 것이다. 아마도 아라비아 반도에서 말이다. 더구나 우리는 비행기를 버리고 길을 떠난 다음 날에야 간신히 비행기 소리를 들을 것이었다. 하지만 그토록 멀리로 유일하게 지나갈 그 비행기는 전혀 우리의 관심을 끌지 못할 것이다. 사막의 무수한 검은 점에 뒤섞인 검은 점인 우리가 눈에 띄리라 기대할 수는 없을 테니까. 이런 상황에서 어떤 고통을 느꼈을지 사람들이 짐작한 내용 중 들어맞는 것은 하나도 없으리라. 나는 그 어떤 고통도 겪지 않을 테니까. 내게는 구조대가 마치 다른 세상에서 돌아다니는 것처럼 보일 테니까.

  3000킬로미터 영역의 사막에서 아무런 정보도 없이 어떤 비행기를 찾아내려면 2주가 걸린다. 그런데 사람들은 트리폴리아와 페르시아 사이에서 우리를 찾고 있을 것이었다. 하지만 아무런 가망도 없는 처지라 나는 오늘도 실낱같은 희망을 간직한다. 그래서 전략을 바꾸어 홀로 탐색을 떠나기로 결정한다. 프레보는 불을 준비해두었다가 누군가 지나가면 피울 것이다. 하지만 결국 우리를 찾아오는 사람은 아무도 없을 것이었다.

  그래서 나는 길을 떠난다. 되돌아올 기력이 있을지는 알 수 없다. 리비아 사막에 대해 아는 사실을 떠올려본다. 사하라 사막에서는 습도가 40퍼센트로 유지되는 데 반해, 여기에서는 18퍼센트로 떨어진다. 그래서 생명은 증기처럼 증발해버린다. 베두인족과 여행자, 식민지 장교들에 따르면 사람은 마시지 않고 19시간을 버틴다고 한다. 20시간이 지나면 눈이 빛으로 가득 차고 최후의 순간이 시작된다. 갈증의 행진은 무섭기 짝이 없다.

하지만 이 북동풍, 우리를 속인 그 이상한 바람, 모든 예보를 거슬러 우리를 이 고원에 옴짝달싹 못하게 박아놓은 그 바람이 이제 우리 생명을 연장해주고 있는 것이 분명하다. 하지만 최초의 빛이 우리 눈앞에 어른거리기 전까지 얼마나 오랜 시간이 남았을까?

그래서 나는 길을 떠나지만, 마치 카누를 타고 막막한 대양으로 떠나는 것 같다. 그래도 새벽빛 덕분에 이 경관이 덜 음산하게 느껴진다. 처음에 나는 주머니에 손을 찌른 채 서리꾼마냥 걷는다. 어젯밤 우리는 불가사의한 땅굴 몇 개의 입구에 올가미를 쳐두었는데, 내 안에서 밀렵꾼의 본성이 깨어나고 있었다. 나는 일단 올가미를 살펴보러 간다. 아무것도 없다.

그러므로 동물의 피는 마시지 못할 것이다. 솔직히 말하면 그런 것 따위는 원치 않았다.

별로 실망하지는 않은 반면, 나는 참 궁금하다. 그 동물들은 사막에서 대체 무얼 먹고 살까? 그건 아마도 토끼만 한 크기에 엄청나게 커다란 귀를 지닌 작은 육식동물인 '페넥' 또는 사막여우일 것이다. 나는 궁금증을 참지 못하고 놈들 중 하나의 흔적을 따라가본다. 흔적을 따라가니 좁다란 모래 강에 발자국이 선명히 찍혀 있다. 발가락이 세 개 달린 부채꼴의 그 예쁜 발바닥에 나는 탄복한다. 새벽에 조용조용 쏘다니며 돌멩이 위에서 이슬을 핥아먹는 나의 여우 친구의 모습을 상상한다. 이제는 발자국이 듬성듬성 나 있다. 여우가 뛰어간 것이다. 여기로 친구 하나가 찾아와서 둘이 나란히 종종 달려간 것이다. 이런 아침나절의 산책길을 따라가며 나는 묘한 기쁨을 느낀다. 이런 생명의 흔적이 나는 좋다. 그러면서 나의 갈증도 조금 잊는다….

마침내 나는 여우들의 식량 저장고에 다가선다. 100미터마다 수프 그릇만 한 아주 작은 떨기나무가 모래바닥에 낮게 깔려 있는데, 가지마다 작은 금색 달팽이가 잔뜩 달려 있다. 새벽이면 여우는 이 식량저장고로 오는 것이다. 여기에서 나는 자연의 거대한 불가사의에 맞닥뜨린다.

나의 여우는 떨기나무마다 전부 멈춰 서지 않는다. 달팽이가 잔뜩 매달려 있는데도 여우가 본 척도 않는 나무가 있다. 여우는 용의주도하게 나무들 주위를 한 바퀴 도는 것이 틀림없다. 어떤 나무에 다가선다 해도 달팽이를 몽땅 먹어치우지는 않는다. 여우는 나무에서 달팽이를 그저 두세 개 집어먹은 후 식당을 바꾼다.

여우가 아침 산책의 기쁨을 좀 더 누리려고 단번에 배고픔을 달래지 않는 것일까? 나는 그렇게 생각하지 않는다. 여우의 이런 방식은 필요불가결한 전술이다. 여우가 처음 만나는 나무에 달린 음식을 실컷 먹어 허기를 달랜다고 해보자. 그러면 두세 번 식사 후에 그 나무에 달린 달팽이들은 바닥날 것이다. 이렇게 하면 여우는 이 나무에서 저 나무로 돌아다니며 자신의 사육장을 끝장내고 말 것이다. 하지만 여우는 번식을 방해하지 않도록 주의한다. 식사 한 끼를 하려고 그 부숭부숭한 갈색 식물 100여 그루를 돌아다니면서, 절대로 같은 가지에 나란히 달린 두 개의 달팽이를 집어내지 않는다. 마치 여우가 그렇게 하는 일의 위험성을 잘 인식하고 있는 것 같다. 주의하지 않고 실컷 먹어치우면 달팽이는 사라질 것이다. 달팽이가 사라지면 여우도 사라질 것이다.

흔적을 따라가다 보니 여우 굴이 나온다. 아마도 지

금 여우는 그곳에서, 울려 퍼지는 내 발소리에 겁을
잔뜩 먹고 귀를 쫑긋 세운 채 내 소리를 듣고 있으리
라. 나는 여우에게 말한다. "작은 여우야, 난 지금 끝
장났거든. 그런데 참 이상도 하지, 그래도 네 습성에
이렇게 관심이 가니 말이야…"

　　그러면서 나는 그곳에 머물러 몽상에 잠기고, 인간
이란 모든 것에 다 적응하는 거라는 생각을 한다. 자
기가 30년 후에 죽을지도 모른다는 생각이 한 인간의
즐거움을 망치지는 않는다. 30년, 사흘… 그건 관점
의 문제일 뿐이다.

　　하지만 어떤 상상은 하지 않는 편이 낫다….

　　이제 나는 길을 떠난다. 그런데 벌써부터 피로 때문
에 내 안의 무언가가 변화한다. 신기루가 전혀 없는데
도 내가 신기루를 만들어낸다….

　　"어이!"

　　나는 소리를 지르며 두 팔을 들었는데, 내게 손짓하
던 그 남자는 그저 검은 바위일 뿐이다. 사막에서는
모든 것들이 살아 움직인다. 자고 있던 베두인족 남자

를 깨우려고 보니, 검은 나무 그루터기로 둔갑해버린다. 나무 그루터기라고? 여기에 그런 것이 있다는 사실이 놀라워서 몸을 수그려 들여다본다. 그리고 부서진 가지를 주워들려 한다. 그런데 그게 대리석이 되어 있는 것이 아닌가! 나는 몸을 일으켜 주위를 둘러본다. 다른 검정 대리석들이 보인다. 태곳적 숲이 자신의 부서진 밑동을 바닥에 잔뜩 늘어놓았다. 이 숲은 이미 10만 년 전에 창세기 태풍을 맞아 성당이 쓰러지듯 무너져 내렸다. 그리고 수세기 동안 이 거대한 기둥들이 화석화되고 유리화되고 검정 잉크 색깔의 강철 조각처럼 매끈하게 다듬어져서 나에게까지 굴러온 것이다. 아직도 가지의 옹이를 알아볼 수 있으며 살아 있을 때에 배배 꼬인 흔적이 보인다. 나는 그루터기의 나이테를 세어본다. 새들과 노래로 가득하던 이 숲이 저주를 받아 소금으로 변했다. 나는 이 풍광이 내게 적대적이라고 느낀다. 아까 그 언덕들의 갑옷보다 더 시커먼 이 엄숙한 잔해들은 나를 거부하고 있다. 썩지 않는 이 대리석들 사이에서, 살아 있는 내가 대체 무슨 볼일이 있단 말인가? 죽어 없어질 내가,

시신이 사그라져 없어질 내가, 이 영겁 속에서 할 일이 무엇이란 말인가?

어제부터 나는 80킬로미터 가까이 걸었다. 지금 이 현기증은 갈증 때문이리라. 아니면 태양 때문이거나. 기름을 뒤집어쓴 것처럼 보이는 그 나무 밑동들 위에서 태양이 반짝인다. 세계의 등껍질 위에서 태양이 반짝이는 것이다. 이곳에는 더 이상 모래도 여우도 없다. 그저 거대한 쇠모루가 있을 뿐이다. 나는 그 모루 위를 걷는다. 그리고 머릿속에서 태양이 쾅쾅 울리는 것을 느낀다. 아! 저쪽에….

"어이! 어이!"

"저쪽에는 아무것도 없어. 설치지 마, 그저 환각일 뿐이야."

나는 이런 식으로 나 자신에게 말을 건다. 나의 이성에 호소할 필요가 있기 때문이다. 보이는 것을 거부하는 일은 참으로 어렵다. 저 걸어가는 대상의 무리를 향해 뛰어가지 않는 일이 내게는 너무도 어렵다… 저기… 보이잖아!

"멍청이, 그건 네가 상상해낸 거잖아…"

"그럼 세상에 진정한 건 하나도 없다는 건가…"

20킬로미터 떨어진 곳 언덕 위에 있는 저 십자가 말고는 진정한 것이라고는 하나도 없다. 저 십자가, 아니면 등대 말고는….

하지만 이건 바다로 향하는 길이 아니다. 그러니 저 건 십자가다. 나는 전날 밤새도록 지도를 들여다봤다. 나의 위치를 몰랐기 때문에 그건 쓸데없는 일이었다. 그래도 나는 인간의 흔적이 있다고 알려주는 표시마다 자세히 들여다보았다. 그리고 지도 어딘가에서 꼭대기에 십자가 비슷한 것이 달린 작은 원을 발견했다. 범례를 살펴보니 '종교시설'이라고 적혀 있었다. 그리고 십자가 옆에는 검은 점이 있었다. 나는 다시 범례를 살펴보았는데 거기에는 '마르지 않는 우물'이라고 적혀 있었다. 나는 큰 충격을 받고 큰 소리로 다시 읽었다. '마르지 않는 우물… 마르지 않는 우물… 마르지 않는 우물!' 마르지 않는 우물에 비하면 알리바바와 그 보물이 무슨 가치가 있으랴! 조금 더 멀리 하얀 점이 두 개 보인다. 범례를 살펴보니 '임시 우물'이라고 적혀 있다. 이미 덜 매력적이었다. 그리고 그 주위로는 아무것, 그야말로 아무것도 없었다.

저것은 틀림없이 내가 본 종교시설이다! 수도사들이 조난당한 사람들을 불러들이려고 언덕 위에 커다란 십자가를 세워둔 것이다! 나는 그 십자가를 향해 걸어가기만 하면 된다. 그 도미니크회 수도사들을 향해 달려가기만 하면 되는 것이다….

'하지만 리비아에는 콥트파 수도원밖에는 없는데.'

'… 저 부지런한 도미니크회 수사들을 향해 가야 한다. 그들한테는 붉은 타일이 깔린 서늘하고 아름다운 부엌이 있고, 안마당에는 녹이 슨 근사한 펌프가 있다. 녹이 슨 펌프 아래에는, 녹슨 펌프 아래에는, 여러분들도 이미 짐작했겠지만… 녹슨 펌프 아래에는 우물이 있다! 아! 내가 수도원 초인종을 울릴 때면, 내가 그 커다란 종을 울릴 때면, 그야말로 축제가 벌어지겠지…'

'멍청이, 프로방스에 있는 집을 묘사하고 있잖아. 거기에는 종도 안 달렸는데.'

… 내가 그 커다란 종을 울리면 문지기가 하늘로 두 팔을 들어 올리며 이렇게 외치겠지. '당신은 신이 보

낸 사자로군요!' 그리고 수사들을 전부 불러 모으리라. 그들은 달려오겠지. 그리고 내가 가련한 어린이라도 되듯 축연을 베풀어주겠지. 나를 부업으로 떠밀고 가리라. 그리고 내게 이렇게 말할 것이다. '조금만, 조금만 기다리시오… 이제 함께 마르지 않는 우물로 달려갑시다…'

그러면 나는 행복에 겨워 전율하리라.

하지만 아니, 나는 울음을 참는다. 언덕 위에는 이제 더 이상 십자가가 없었으니까.

서쪽이 한 약속은 거짓말일 따름이다. 나는 정북으로 방향을 튼다.

북쪽은 적어도 바다의 노래로 가득 차 있다.

아! 저 언덕만 넘어가면 지평선이 펼쳐진다. 세상에서 가장 아름다운 도시가 있다.

'그건 신기루라는 걸 너도 잘 알잖아…'

그게 신기루라는 건 아주 잘 안다. 누가 이 몸을 함부로 속인다는 거야! 하지만 내가 그 신기루로 달려들고 싶다면? 내가 희망을 갖고 싶다면? 내가 태양의 깃발로 온통 톱니모양 장식을 한 저 도시를 원한다면? 내가 빠른 걸음으로 그곳을 향해 걸어가고 싶다면? 나는 이제 피로를 느끼지 않았고 행복했으니 말이다… 프레보와 그의 권총이라, 웃기고 있네! 나는 지금 이 만취상태가 더 좋다. 나는 취했다. 나는 갈증이 나서 죽어가고 있다!

황혼이 나를 취기에서 깨웠다. 나는 이토록 멀리 왔다는 사실에 겁을 먹고 우뚝 멈춰 섰다. 황혼이 오면 신기루는 사라진다. 지평선은 펌프며 궁전이며 성직자의 옷을 벗어던졌다. 그건 그저 사막의 지평선일 뿐이다.

"너무 많이 걸어왔잖아! 곧 밤이 닥칠 테고, 날이 밝을 때까지 기다려야 할 텐데, 내일이면 네 흔적은 사라지고 너는 아무 데도 존재하지 않게 될 거야."

"그렇다면 그냥 계속 걸어가는 게 낫지 않을까… 이제 와서 되돌아가는 게 무슨 소용이야? 곧 바다가 눈앞에 나타날지도 모르는데, 이제 더 이상 이런 식으로 되돌아가고 싶진 않아…"

"그런데 어디에서 바다를 봤다는 거야? 게다가 어

쩌면 절대 바다까지 가지 못할 거야. 지금 바다에서 300킬로미터는 떨어져 있을 텐데. 그리고 프레보가 시문 비행기 옆에서 기다리고 있잖아! 어쩌면 상인 행렬이 비행기를 발견했을지도 몰라…"

그렇다, 나는 되돌아갈 것이다. 하지만 일단 사람들을 불러봐야지.

"어이!"

젠장, 그래도 이 지구에 누군가는 살고 있을 거 아니야….

"어이, 사람들아!…"

나는 목이 쉬었다. 더 이상 목소리가 나오지 않는다. 이렇게 소리를 지르는 내 꼴이 우습다… 그래도 다시 한 번 소리를 질러본다.

"사람들아!"

과장되고 건방지게 들린다.

나는 뒤로 돌아선다.

두 시간을 걷고 나니, 내게 무슨 일이 난 줄 알고 겁을 먹은 프레보가 하늘을 향해 날리는 불길이 보인다. 아…! 그러든가 말든가….

다시 한 시간을 걷는다… 다시 50미터. 다시 100미터. 다시 50미터.

"아!"

나는 깜짝 놀라 멈추어 선다. 가슴이 환희로 가득 차지만 나는 그 강렬함을 억누른다. 프레보가 환한 불빛을 받으며 비행기 엔진에 기대선 두 아랍인과 이야기를 나누고 있는 것이 아닌가. 프레보는 아직 나를 보지 못했다. 기쁨에 푹 빠져 있는 것이다. 아! 프레보처럼 기다렸더라면… 진작 나는 해방되었을 텐데! 나는 기뻐서 외친다.

"어이!"

베두인족 두 사람이 깜짝 놀라 나를 쳐다본다. 프레보는 그들을 버려두고 나를 향해 걸어온다. 나는 두 팔을 벌린다. 프레보는 내 팔꿈치를 붙든다. 그러니까 내가 쓰러질 뻔했던가? 나는 그에게 말한다.

"드디어 됐군!"

"뭐가?"

"아랍인들!"

"무슨 아랍인들?"

"저기, 자네랑 같이 있는 저 아랍인들…!"

프레보는 나를 이상하게 쳐다본다. 그리고 마지못해 심각한 비밀을 털어놓으려는 듯 보인다.

"아랍인이 어디 있다고 그러나…"

이번에는 내가 울음을 터뜨릴 것이다.

6

우리는 이곳에서 물 없이 열아홉 시간을 버티고 있다. 어제 저녁 이후로 무엇을 마셨던가? 새벽에 이슬 몇 방울을 마신 게 전부였다! 하지만 계속 북동풍이 불어와 우리가 증발해버리는 시기를 조금 늦추어준다. 이 바람 장막으로 인해 구름이 높이 쌓인다. 아! 저 구름이 우리한테까지 떠내려 온다면, 비가 내리기만 한다면! 하지만 사막에서 비가 내리는 일이란 없다.

"프레보, 낙하산을 삼각형으로 자르자. 그래서 그걸 돌멩이로 바닥에 고정해놓자고. 바람의 방향이 바뀌지 않으면, 새벽에 모인 이슬을 휘발유통에 담을 수 있을 거야. 천을 비틀어 짜서 말이야."

우리는 그렇게 하얀 천 여섯 조각을 별 아래 죽 늘어놓았다. 프레보가 휘발유통 하나를 뜯어냈다. 이제 날이 밝기만 기다리면 된다.

프레보가 잔해 속에서 기적적으로 오렌지 한 개를 찾아냈다. 우리는 그것을 나누어 먹는다. 나는 그 오렌지 때문에 마음이 혼란스럽지만, 20리터의 물이 필요한 상황에서 그건 턱도 없는 양이다.

나는 밤에 피워둔 불가에 드러누워 그 밝게 빛나는 과일을 바라보며 생각한다. '사람들은 오렌지가 무엇인지 모른다…' 나는 또 이렇게 생각한다. '우리는 죽을 처지다. 그런데 이런 확신에도 불구하고 나의 즐거움은 또 한 번 온전하다. 내가 손에 꼭 쥐고 있는 이 오렌지 반쪽은 내 삶에서 가장 큰 기쁨 중 하나다…' 나는 드러누워 과육을 빨아먹는다. 그리고 별똥별의 개수를 센다. 나는 1분 동안 무한히 행복하다. 나는 또 생각한다. '우리가 질서에 따라 살고 있는 이 세상은 말이지, 그 안에 갇혀봐야만 그 의미를 짐작할 수 있다.' 나는 오늘에야 사형선고를 받은 자의 담배와 럼주 한 잔의 의미를 깨닫는다. 나는 그 사람이 그 하찮은 것을 받아들이는 이유를 이해하지 못했었다. 그럼에도 불구하고 그는 그것에서 크디큰 즐거움을 느낀다. 그가 미소를 지으면 사람들은 그가 용감하다고 생각한다. 하지만 그는 그저 럼주를 마셔서 미소 짓는 것이다. 그가 삶의 관점을 바꾸어 이 최후의 순간을 인간으로서 살아간다는 사실을 사람들은 알지 못한다.

우리는 엄청난 양의 물, 그러니까 2리터 정도의 물을 거두었다. 갈증은 끝났다! 우리는 살았다. 이제는 마실 수 있다!

나는 주석 컵으로 휘발유 통에 담긴 액체를 퍼낸다. 하지만 그 영롱한 황록색 물은 맛이 너무 고약해서, 그토록 나를 괴롭히던 갈증에도 불구하고 첫 모금을 다 마시기 전에 나는 숨을 몰아쉬어야 했다. 진흙물이라도 기꺼이 마실 지경이었지만 이 역한 금속 맛은 갈증보다 더 지독하다.

프레보가 마치 무언가를 열심히 찾듯 바닥을 바라

보며 빙빙 돈다. 그러더니 별안간 몸을 수그리고 토한다. 30초 후에는 내 차례였다. 몸에 어찌나 경련이 심하게 일던지 나는 손가락을 모래에 처박고 무릎을 꿇는다. 우리는 말없이 15분 동안 이렇게 속이 뒤집힌 채 약간의 담즙만 토해낸다.

드디어 끝났다. 이제는 어렴풋이 구토증만 느껴진다. 하지만 마지막 희망도 잃고 말았다. 실패의 이유가 낙하산의 방수 도료 때문인지 휘발유통에 낀 사염화탄소 때문인지는 모르겠다. 그걸 알아내려면 또 다른 용기와 또 다른 천이 필요했다.

그러니 서두르자! 날이 밝아온다. 길을 떠나자! 우리는 이 저주받은 고원에서 도망쳐 쓰러질 때까지 성큼성큼 걸어갈 것이다. 안데스 산맥에서 기요메가 했던 대로 할 것이다. 어제 이후로 나는 기요메 생각을 많이 한다. 그리고 추락한 비행기 가까이에 머물러 있으라는 항공사의 지침을 어긴다. 아무도 여기로 우리를 찾으러 오지 않을 테니까.

나는 다시 한 번, 조난당한 사람이 우리가 아니라는

사실을 깨닫는다. 조난당한 것은 기다리는 그들이다! 우리의 침묵으로 고통받는 그들이다. 끔찍한 실수로 인해 마음이 갈가리 찢긴 그들 말이다. 우리는 그들을 향해 달려가지 않을 수 없다. 기요메 역시 안데스 산맥에서 돌아왔을 때 자신이 조난당한 이들을 향해 달려갔다고 이야기했다. 이것은 보편적인 진실이다.

프레보가 말한다. "내가 혈혈단신이었으면 말이지, 여기서 그냥 드러누워버렸을 거야."

우리는 동북동을 향해 똑바로 걸어간다. 이미 나일 강을 지나온 것이면, 우리는 걸을 때마다 아라비아 반도 사막의 더욱 깊숙한 곳으로 들어가는 셈이다.

그날 일이 더 이상 기억나지 않는다. 내가 느낀 다급함만 기억난다. 무작정 아무것이나 향해 가려는, 나의 최후를 향해 가려는 다급함 말이다. 또 땅바닥을 쳐다보며 걸은 기억이 난다. 신기루에 진저리가 났기 때문이다. 우리는 이따금 나침반을 보며 방향을 수정했다. 또 가끔 숨을 가다듬으려고 드러눕기도 했다. 그러는 와중에 나는 밤을 위해 지니고 있던 방수 코트를 어딘가에 던져버렸다. 그리고 더 이상 아무것도 기억나지 않는다. 내 기억은 밤의 신선함과 더불어 다시 이어진다. 나는 모래와 같았으니, 내 안의 모든 것이 지워져버렸다.

해질녘에 우리는 야영을 하기로 한다. 더 걸어야 한다는 사실을 잘 알고 있다. 물 없이 보내는 이 밤이 우리를 끝장낼 테니까. 하지만 낙하산 천으로 만든 조각을 챙겨왔다. 낙하산 방수 도료에서 그 역한 물질이 나오는 게 아니라면, 내일 아침에 우리는 물을 마실 수 있을 것이다. 우리는 다시 한 번 이슬 덫을 별 아래 펼쳐야 한다.

오늘 저녁 북쪽 하늘은 구름 한 점 없이 맑다. 바람이 그 맛을 바꾸었다. 또 방향도 바꾸었다. 벌써부터 피부에 스치는 사막의 더운 입김이 느껴진다. 야수가 깨어나는 것이다! 놈이 우리의 손과 얼굴을 핥는 것이 느껴진다.

하지만 더 걸어보아야 10킬로미터도 못 갈 것이다. 사흘 동안 마시지 않고서 180킬로미터를 넘게 걸었으니까….

그런데 걸음을 멈추는 순간, 프레보가 말한다.

"맹세코 저건 호수야."

"자네 미쳤나!"

"지금이 해질녘인데, 저게 신기루일 리가 있나?"

나는 아무런 대꾸도 하지 않는다. 내 눈을 믿지 않기로 한 것이 이미 오래전이니까. 신기루가 아닐지도 모른다. 그렇다면 그건 우리의 광기가 빚어낸 발명품이다. 어떻게 프레보는 아직도 그런 걸 믿는단 말인가?

프레보는 고집스럽게 주장한다.

"20분 거리야, 내가 가보겠네…"

그가 고집을 부리자 짜증이 난다.

"그럼 가보게, 바람이라도 쐬고 오라고… 건강에 아주 좋을 테니까. 하지만 자네가 말하는 그 호수가 혹시 있더라도 그건 소금물일 거라는 걸 명심하게. 또 소금물이건 아니건, 그건 지독하게 멀리 있네. 하지만 어쨌거나 말이지, 그 호수는 존재하지 않네."

프레보는 한곳만 바라보며 멀어져 간다. 사람을 끌어당기는 그 대단한 힘을 나는 잘 알고 있다. 그래서 생각한다. '기관차 밑으로 몸을 던지는 몽유병자도 있

는 법이지.' 나는 프레보가 되돌아오지 못할 것을 안
다. 무無로 인한 현기증에 사로잡혀 더 이상 되돌아오
지 못할 것이다. 그리고 얼마 못 가서 쓰러질 것이다.
그러면 그는 그대로, 나는 나대로 죽을 것이다. 그런
데 이 모든 것이 얼마나 하찮은 일인지…!

내게 찾아온 이 무심함이 좋은 징조가 아니라는 생
각이 든다. 익사할 뻔했을 때 이런 식의 평정을 느낀
적이 있다. 하지만 나는 이 순간을 이용해 돌멩이에
배를 깔고 엎드려 유서를 쓴다. 나의 편지는 매우 아
름답고 고상하다. 나는 거기에 현명한 충고를 잔뜩 늘
어놓는다. 편지를 다시 읽으며 막연한 허영심에 찬 기
쁨을 느낀다. 이 편지에 대해 사람들은 이렇게 말하리
라. "참으로 아름다운 유서로군! 이런 사람이 죽다니
얼마나 안타까운 일인가!"

나는 내가 지금 어디에 있는지도 알고 싶다. 침을
애써 모아본다. 얼마나 오랫동안 침을 뱉지 않았던
가? 이제는 침도 나오지 않는다. 입을 꾹 다물고 있으
면 끈적끈적한 물질이 두 입술을 봉해버린다. 말라붙
은 그 물질은 입술에 단단한 껍질을 만든다. 그래도

나는 침을 삼키는 데 성공한다. 그리고 내 눈은 아직 빛으로 차오르지 않는다. 그 휘황찬란한 광경이 눈에 보이면 이제 내게 주어진 시간은 두 시간뿐이리라.

밤이다. 지난밤보다 달이 더 커졌다. 프레보는 돌아오지 않는다. 나는 드러누워 이 명백한 사실들을 곰곰이 생각해본다. 마음속에 오래된 어떤 인상이 떠오른다. 나는 그 인상을 정의 내리려 애쓴다. 그래, 나는… 나는… 나는 배에 올라타 있다! 남아메리카로 가면서 이렇게 갑판에 드러누워 있었다. 돛대 끄트머리가 별들 사이에서 아주 천천히 흔들렸다. 이곳에 돛대는 없지만, 그래도 나는 배에 타고 있다. 내 의지와 상관없이 변치 않을 그 어떤 목적지를 향해서. 노예상인들이 나를 꽁꽁 묶어 배 위에 던져놓은 것이다.

돌아오지 않는 프레보를 생각한다. 나는 그가 불평하는 것을 단 한 번도 들은 적이 없다. 그건 아주 훌륭한 일이다. 끙끙 앓는 소리를 냈다면 도무지 견딜 수 없었을 테니까. 프레보는 남자다.

아! 여기에서 500미터 떨어진 곳에서 그가 램프를 흔들고 있다! 자기 발자국을 잃어버린 것이다! 그에게 응답해줄 램프가 내게는 없다. 그래서 나는 일어나 소리를 지르지만 프레보는 내 소리를 듣지 못한다….

그런데 프레보의 램프에서 200미터 떨어진 곳에서 다른 램프 하나가 켜지고, 세 번째 램프가 켜진다. 세상에, 나를 찾아 헤매고 있는 것이다!

나는 외친다.

"어이!"

하지만 그들은 내 목소리를 듣지 못한다.

램프 세 개가 연달아 신호를 보낸다.

오늘 저녁, 나는 미쳐 있지 않다. 상태가 아주 좋고, 마음도 편안하다. 나는 주의 깊게 바라본다. 여기에서 500미터 떨어진 곳에 램프 세 개가 있다.

"어이!"

하지만 그들은 여전히 내 목소리를 듣지 못한다.

그러자 나는 별안간 크나큰 공포에 사로잡힌다. 그렇게 대단한 공포는 이후로 한 번도 느껴본 적이 없다. 아! 나는 아직 달릴 수 있다. "기다려요… 기다려요…" 저 사람들은 뒤돌아 가버릴 것이다! 멀어져서 다른 곳을 찾아 헤맬 것이고, 나는 쓰러지고 말 것이다! 나를 받아줄 팔이 저기 있는데, 나는 생명의 문턱에서 쓰러지고 말 것이다…!

"어이! 어이!"

"어이!"

그들이 내 소리를 들었다. 나는 숨이 막힌다. 숨이 막히지만 계속 뛴다. 목소리가 나는 곳으로 뛰어간다. "어이!" 프레보가 보이고 나는 쓰러진다.

"아! 그 램프들을 봤을 때 말이지…!"

"무슨 램프들?"

그랬다. 프레보는 혼자였다.

이번에 나는 그 어떤 절망도 느끼지 않는다. 다만 은밀한 분노를 느낀다.

"그래, 자네 호수는?"

"앞으로 갈수록 멀어지더군. 반시간 동안 호수를 향해 걸어갔어. 그런데 반시간이 지나니까 놈이 더 멀어져 있지 뭔가. 그래서 되돌아왔지. 하지만 이젠 확신하네. 그게 호수라고…"

"자네 미쳤군, 완전히 미쳤어. 아! 어째서 그런 짓을 했어… 어째서?"

그가 무슨 짓을 했나? 왜 그런 짓을 했을까? 나는 분노에 차서 울었는데, 왜 화가 나는지 알 수 없다. 프레보는 목이 멘 소리로 나에게 설명한다.

"마실 것을 너무나 찾아내고 싶었네…. 자네 입술이 너무 하얘서!"

아! 나의 분노가 가라앉는다… 나는 마치 잠에서 깨어난 듯 손으로 이마를 쓸어낸다. 슬프다고 느낀다. 그리고 가만히 말한다.

"나는 지금 자네를 보듯 똑똑히 봤네. 착각이었을 리가 없어. 불빛 세 개… 그래 불빛 세 개를 봤단 말일세. 프레보!"

프레보는 말이 없다. 그러더니 간신히 말한다.

"그래, 상황이 확실히 안 좋군."

수증기 없는 이런 대기에서 땅은 빠른 속도로 열을 빼앗긴다. 벌써 아주 쌀쌀하다. 나는 자리에서 일어나 걸어본다. 하지만 이내 견딜 수 없이 몸이 떨려온다. 수분이 부족해서 피가 제대로 돌지 않고 얼음장 같은 추위가 몸속으로 파고드는데, 이건 단순히 밤이어서 오는 추위가 아니다. 어금니가 덜덜 떨리고 몸에 경련이 나기 시작한다. 손이 심하게 떨려서 전기 램프를 더 이상 사용할 수 없다. 나는 절대 추위를 타지 않는 사람인데, 이제 추위 때문에 죽을 판이었다. 갈증의 영향이란 참 희한하기도 하다!

나는 한낮 더위에 방수 코트를 들고 다니는 게 지겨워서 어딘가에 떨구어버렸다. 바람이 서서히 강해진다. 사막에 피신처 따위는 없다는 사실을 새삼 깨닫는다. 사막은 대리석처럼 매끈하다. 낮 동안에는 그림자 하나 없고, 밤이면 바람에 온전히 노출된다. 피신할 나무도, 울타리도, 돌멩이도 하나 없다. 바람이 돌진하는 기병대처럼 내게 달려든다. 나는 바람을 피하려 안절부절못한다. 누웠다가 다시 일어선다. 누워 있든 서 있든 나는 이 얼음 채찍에 노출되어 있다. 달릴 수도 없다. 힘이 없었으니까. 살인자들로부터 달아날 수 없어서, 나는 검 아래 무릎을 꿇고 두 손으로 머리를 감싼다!

내가 다시 일어나서 덜덜 떨며 똑바로 앞을 향해 걸어갔다는 사실을 나는 잠시 후에 깨달았다! 내가 지금 어디에 있지? 아! 방금 걷기 시작했구나. 프레보의 소리가 들린다! 프레보가 부르는 소리에 정신을 차린 것이다….

여전히 전신으로 딸꾹질을 토해내듯 덜덜 떨며 프레보에게로 되돌아왔다. 나는 생각한다. '이건 추위가 아니야. 다른 거다. 이런 게 끝이라는 거로구나.' 나는 이미 탈수 상태였다. 그저께와 어저께 혼자서 너무 많이 걸었다.

추위 때문에 끝장난다는 사실이 괴롭다. 차라리 마음속 신기루 때문에 죽는 거면 낫겠다. 그 십자가, 그 아랍인들, 그 램프들. 결국 그것들이 내 관심을 끌기 시작하고 있었으니 말이다. 나는 노예처럼 채찍을 얻어맞는 게 싫다….

다시 무릎을 꿇는다.

우리는 약품을 조금 가져왔다. 순수한 에테르 100그램, 90도짜리 알코올 100그램, 작은 요오드 병 하나. 나는 순수한 에테르를 두세 방울 마셔본다. 마치 칼을 집어삼키는 것 같다. 그런 후 90도짜리 알코올을 조금 마시니 목구멍이 닫혀버린다.

나는 모래 속에 구멍을 파고 그 안에 드러누워 모래

로 몸을 덮는다. 얼굴만 밖으로 나와 있다. 프레보가 잔 나뭇가지를 찾아내어 불을 붙여보지만 불꽃은 금방 사그라진다. 프레보는 모래 속에 파묻히기를 거부하며 발을 동동 구르는 편을 택한다. 그 친구 생각이 틀렸다.

목구멍은 좁아진 채로 꼼짝하지 않는다. 나쁜 신호지만, 그래도 상태가 조금 나아진 것 같다. 마음이 편안해진다. 기대 이상으로 마음이 차분하다. 그리고 나는 내 의지와 상관없이 여행을 떠난다. 별 아래 노예선 갑판에 꽁꽁 묶인 채로. 하지만 내가 아주 불행한 건 아닌지도 모른다….

근육을 움직이지만 않으면 추위가 느껴지지 않는다. 그러자 나는 모래 아래에 잠들어 있는 나의 육신을 잊는다. 움직이지 않으리라. 그러면 더 이상 고통받지 않겠지. 게다가 우리는 거의 고통받지도 않았다… 이 모든 괴로움 뒤에는 피로와 망상이 한데 어우러져 있다. 그리고 모든 것이 그림책으로, 조금 잔인한 동화로 바뀐다… 조금 전에는 바람이 짐승을 내몰듯 나를 쫓아왔고, 나는 피하기 위해 짐승처럼 안절부

절못했다. 그다음에는 숨을 제대로 쉴 수 없었다. 무릎 하나가 가슴을 짓눌렀던 것이다. 나는 천사의 무게에 맞서 몸부림쳤다. 사막에서 나는 결코 혼자가 아니었다. 나를 둘러싼 것들을 믿지 않는 나는 이제, 내 안으로 물러서서 눈을 감은 채 눈썹 하나 까딱하지 않는다. 쏟아져드는 영상들의 흐름이 고요한 꿈을 향해 나를 휩쓸어 가는 것이 느껴진다. 강물이 깊은 바다에 이르면 잠잠해지는 법이다.

사랑하던 그대들이여, 나는 이제 작별을 고한다. 사람의 몸이 물을 마시지 않고 사흘을 못 버티는 게 어찌 내 탓이랴. 나는 내가 샘물의 포로라고 생각해본 적이 없었다. 물로부터 독립할 수 있는 시간이 이렇게 짧다는 사실은 꿈에도 생각지 못했다. 인간은 혼자 힘으로 곧장 떠나버릴 수 있다고 믿는다. 우리는 인간이 자유롭다고 믿는다… 탯줄처럼 대지의 배에 이어진 우물, 우리를 그 우물에 연결하는 밧줄을 우리는 보지 못한다. 하지만 인간은 거기에서 한 걸음이라도 더 나아가면 죽어버리고 만다.

그대들의 고통 말고는 나는 아무 미련도 없다. 곰곰

이 생각해보면 나는 최고의 순간을 누렸다. 과거로 되돌아간다면 나는 다시 시작할 것이다. 나는 살아갈 필요가 있다. 그런데 도시에서는 더 이상 인간적인 삶이 존재하지 않는다.

이는 비행에 대한 이야기가 아니다. 비행기는 목적이 아니라 수단이다. 사람은 비행기를 위해 목숨을 걸지는 않는다. 농부가 밭일을 하는 것이 수레를 위한 것이 아니듯 말이다. 하지만 우리는 비행기를 이용해 도시와 도시의 회계사들을 떠나서 농부의 진실을 재발견할 수 있다.

우리 비행사들은 인간의 일을 하며 인간의 근심을 안다. 우리는 바람과 별과 밤과 모래와 바다를 상대한다. 비행사는 자연의 힘에 맞서서 머리를 쥐어짠다. 정원사가 봄을 기다리듯 우리는 새벽을 기다린다. 약속의 땅이라도 되는 양 기항지를 기다리고, 별 속에서 진실을 찾아 헤맨다.

나는 불평하지 않을 것이다. 사흘 동안 걸었고, 목이 말랐고, 모래 위에서 흔적을 따라갔고, 이슬을 나의 희망으로 삼았다. 이 땅 위의 어디에 사는지 이미 잊어버린 나의 동족에게 돌아가려 애썼다. 바로 이런 것들이 살아 있는 자의 근심이다. 이런 것들이, 저녁에 어느 뮤직홀에 갈지를 결정하는 것보다 더 중요한 일이라 하지 않을 수 없다.

나는 교외선을 타는 사람들을 이해할 수 없다. 자신이 인간이라고 여기지만, 결국 느끼지도 못하는 압력으로 인해 개미들처럼 기능만 남은 그 사람들을 말이다. 그들은 그 하찮고 터무니없는 일요일들을 대체 무엇으로 채울까?

한번은 러시아의 어느 공장에서 모차르트가 연주되는 것을 들은 적이 있다. 나는 그 이야기를 적었다. 그리고 욕설이 담긴 편지를 200통이나 받았다. 싸구려 음악 카페를 선호하는 이들을 탓하는 건 아니다. 그들은 다른 노래라고는 모르니까. 내가 탓하는 것은 그런 장소를 운영하는 사람들이다. 나는 인간을 망가뜨리는 것들을 좋아하지 않는다.

나는 내 직업에 행복하다. 스스로가 비행장의 농부라는 느낌이 든다. 교외선을 타고 있을 때면, 나는 지금 이곳에서 느끼는 것과는 다른 종류의 극심한 고통을 느낀다! 곰곰이 생각해보면, 지금 이곳에서 내가 누리는 것은 그 얼마나 대단한 사치인가…!

나는 아무것도 후회하지 않는다. 나는 도박을 했고, 잃었다. 이건 내가 하는 이 일의 순리다. 하지만 그럼으로써 나는 최소한 바닷바람을 맛볼 수 있었다.

한 번이라도 맛본 사람은 그 맛을 잊지 못한다. 그렇지 않은가, 동료들이여? 이건 위험하게 사는 것을 두고 하는 말이 아니다. 위험하게 산다는 이 표현은 상당히 뻐기는 구석이 있다. 나는 투우사들을 별로 좋아하지 않는다. 내가 좋아하는 것은 위험이 아니다. 내가 좋아하는 것이 무엇인지 나는 안다. 그건 바로 삶이다.

하늘이 환해져오는 것 같다. 나는 모래에서 팔 하나를 뺀다. 손이 닿는 곳에 낙하산으로 만든 천이 있어서 만져보지만 물기라곤 없다. 기다리자. 이슬은 새벽에 맺힌다. 하지만 새벽은 우리 천을 적시지 않은 채 밝아온다. 그러자 내 생각이 조금 흐트러지고, 내가 이렇게 말하는 소리가 들린다. '여기 메마른 심장이

하나 있다… 메마른 심장… 눈물을 전혀 만들어낼 줄
모르는 메마른 심장이…!'

　"프레보, 떠나세! 우리 목구멍이 아직 막히지 않았
으니, 다시 걸어야 해."

7

　열아홉 시간 만에 인간을 바싹 말려버리는 서풍이
불어온다. 나의 식도는 아직 닫히지 않았지만, 굳었고
무척 아프다. 식도에서 무언가 거칠게 긁어대는 게 느
껴진다. 이제 곧 사람들이 내게 말했던, 내가 기다리
던 그 기침이 시작될 것이다. 혀가 걸리적거린다. 하
지만 가장 심각한 것은 벌써 반짝이는 점들이 보인다
는 사실이다. 그 점들이 불꽃으로 변할 때 나는 쓰러
지겠지.

　우리는 빨리 걷는다. 이른 아침의 서늘함을 이용하
기 위해서다. 흔히 하는 표현처럼 '해가 중천에 뜨'

면, 걷지 못하리라는 사실을 잘 알고 있으니까. 해가 중천에 뜨면 말이다….

우리는 땀을 흘릴 권리도 없다. 기다릴 권리도 없다. 지금 이 서늘함은 습도를 고작 18퍼센트 포함한 서늘함이다. 지금 부는 이 바람은 사막에서 온다. 부드러운 이 거짓말쟁이 손길 아래에서 우리의 피는 증발해버린다.

첫날 우리는 포도를 조금 먹었다. 이후 사흘 동안 오렌지 반쪽과 마들렌 반쪽을 먹었다. 음식이 있다한들 무슨 침이 있어서 그걸 씹을 수 있었으랴? 하지만 나는 허기도 갈증도 느끼지 않는다. 그리고 이제는 갈증보다, 갈증으로 인한 영향을 느낀다. 이 딱딱해진 목구멍. 이 석고 같은 혀. 입안의 긁히는 느낌과 그 끔찍한 맛. 그 감각들은 내게 새롭다. 물을 마시면 분명 이 감각들이 치유되리라. 하지만 이런 감각들에 물이라는 치료약을 연결해본 기억이 내게는 없다. 갈증은 서서히 욕구가 아닌 질병이 되어간다.

샘물과 과일의 영상도 예전보다 덜 고통스럽게 느껴지는 것 같다. 마치 애정을 잊어버리듯 나는 오렌지의 반짝임을 잊는다. 어쩌면 나는 이미 모든 것을 잊어버리고 있는지 모른다.

우리는 자리에 앉았지만, 다시 떠나야 한다. 우리는 긴 여정을 포기한다. 500미터를 걷고 나면 지쳐 쓰러지곤 하니까. 몸을 쭉 펴고 누우면 그렇게 기쁠 수가 없다. 하지만 다시 떠나야 한다.

풍광이 변한다. 돌들이 드문드문 떨어져 있다. 우리는 이제 모래 위를 걷는다. 앞으로 2킬로미터 떨어진 곳에 모래언덕들이 보인다. 모래언덕 위에는 나지막한 식물이 이루는 얼룩이 점점이 보인다. 나는 강철 갑옷보다는 모래가 더 좋다. 금빛 사막이다. 사하라다. 사하라를 알아볼 것 같다….

이제 우리는 200미터를 걷고 나면 지쳐버린다.

"그래도 걸어가세, 적어도 저 떨기나무들까지는 말이야."

그곳이 한계다. 일주일 후 시문 비행기를 찾으러 우리 흔적을 자동차로 거슬러 올라가면서, 이 마지막 여정이 80킬로미터에 걸쳐 있음을 확인할 것이다. 그러니 나는 이미 200킬로미터 가까이 걸은 것이다. 그러니 어떻게 더 걸어갈 수 있으랴?

어제 나는 아무런 희망 없이 걸었다. 오늘, 희망이란 단어는 그 의미를 잃어버렸다. 오늘, 우리는 단지 걷기 때문에 걷는다. 밭일을 하는 황소들이 그러하듯. 나는 어제 오렌지나무가 심긴 천국을 꿈꾸었다. 하지만 오늘, 내게 그건 더 이상 천국이 아니다. 오렌지가 존재한다는 사실을 더 이상 믿지 않으니까.

이제 내 마음속에는 아무것도 없다. 바싹 말라붙은 심장뿐이다. 이제 곧 쓰러질 텐데도 나는 절망을 느끼지 않는다. 고통조차 없다. 그 사실이 안타깝다. 슬픔은 물처럼 부드럽게 느껴질 텐데. 우리는 자신에 대해 연민을 느끼며, 자신이 친구인 양 투덜댄다. 하지만 이 세상에 내게는 더 이상 친구라고는 없다.

눈이 타들어가는 나를 찾아냈을 때, 사람들은 내가 많이 외쳐 불렀고 많이 고통받았다고 상상하리라. 하지만 갈망, 미련, 부드러운 고통 역시 풍요로움에 속한다. 하지만 내게는 더 이상 풍요로움이란 없다. 처음 사랑을 나누는 밤에 싱싱한 아가씨들은 슬픔을 느끼며 운다. 슬픔은 삶의 떨림과 연결되어 있다. 그런데 나에게는 더 이상 슬픔이 없다….

내가 바로 사막이다. 나는 입안에서 침을 만들어내지 못할 뿐 아니라, 내가 바라보며 신음할 수 있을 부드러운 영상도 이제는 만들어내지 못한다. 태양이 내 안에서 눈물의 샘을 말려버렸다.

그런데 내가 무엇을 보았던가? 바다 위 돌풍처럼 희망의 숨결이 내 위로 지나갔다. 나의 의식을 강타하기에 앞서 내 본능의 주의를 끈 그 신호가 무엇인가? 아무것도 변한 것은 없지만, 모든 것이 변했다. 저 모래 자락, 저 작은 언덕들, 저 덤불 층은 이제 풍경이 아닌 무대를 이루고 있다. 아직 비어 있지만 모든 것이 준비된 무대. 나는 프레보를 쳐다본다. 프레보 역시 나와 똑같은 놀라움에 빠져 있었지만, 그도 자기가 무엇을 느끼는지 이해하지 못한다.

분명히 무슨 일이 일어나려는 것이다….

사막이 살아 움직이기 시작했다고 장담한다. 이 부재不在, 이 침묵이 별안간 광장의 소란스러움보다 더욱 감동적이 되었다고 단언한다….

우리는 살았다. 그러니까 모래 위에 발자국이 있는

것이다…!

아! 우리는 인간의 자취를 잃어버렸었다. 인류로부터 떨어져나와, 온 세상의 움직임으로부터 잊힌 채 세상에 홀로 남아 있다가, 여기 모래 위에서 기적적으로 인간의 발자국을 발견한 것이다.

"프레보, 여기, 두 사람이 헤어졌네…"

"여기, 낙타 한 마리가 무릎을 꿇었어…"

"여기…"

하지만 우리는 아직 구조된 것이 아니었다. 기다리는 것만으로는 부족했다. 몇 시간 후면 아무도 우리를 구해내지 못할 테니까. 일단 기침이 시작되면 갈증의 행군은 너무도 빠르게 진행된다. 그러면 우리 목구멍은….

하지만 나는 사막 어디에선가 흔들흔들 앞으로 나아가는 이 대상의 무리를 믿는다.

그래서 우리는 더 걸었다. 별안간 어디선가 수탉의 울음이 들려온다. 기요메가 나에게 말했었다. "마지막 순간이 왔을 즈음에 안데스 산맥에서 수탉 소리를 들었네. 또 기차 소리도 들었고…"

수탉이 우는 순간, 나는 기요메의 이야기를 기억해

냈고 그래서 생각했다. '처음에는 눈이 나를 속였지. 이 소리는 분명 갈증 때문에 들리는 거야. 아직까지는 귀가 잘 참아왔건만…' 그런데 프레보가 내 팔을 붙든다.

"자네 들었나?"

"뭘?"

"수탉 소리!"

"그렇다면… 그렇다면…"

그렇다면, 이 멍청이, 당연히 이젠 목숨을 구한 거다….

내게 마지막 환각이 보였다. 세 마리 개가 줄줄이 지나가는 모습이었다. 프레보도 역시 그쪽을 바라보고 있었지만, 그는 아무것도 보지 못했다. 하지만 우리 둘은 함께 이 베두인족 남자에게 손을 뻗고 있다. 우리 둘은 함께 그 사람을 향해 폐부에 남은 숨결을 있는 대로 쏟아낸다. 그리고 함께 행복에 겨워 웃는다….

하지만 우리 목소리는 30미터도 채 가지 못한다. 성대가 바짝 말라붙었던 것이다. 우리는 서로에게 나직이 말하고 있으면서 그걸 인식조차 못하고 있었다.

그런데 이제 막 언덕 뒤에서 나타난 그 베두인족 남자와 낙타가 천천히 멀어져가는 것이 아닌가. 그 남자는 아마도 혼자일 것이다. 잔인한 악마가 우리에게 그 사람을 보여주고는 데려가버리고 있다….

그런데 우리는 더 이상 달릴 수도 없다!

다른 아랍인이 모래언덕에 옆모습을 드러낸다. 우리는 울부짖지만, 목소리는 나직할 뿐이다. 그래서 우리는 두 팔을 흔들어댄다. 마치 하늘을 엄청난 신호로 채우려는 듯. 하지만 그 베두인족 남자는 계속 오른쪽만 쳐다보고 있다….

그런데 이때, 그 사람이 느릿하게 90도 각도로 몸을 돌리기 시작한다. 그가 정면으로 우리를 바라보는 순간, 모든 일은 이미 이루어졌을 것이다. 우리 쪽을 바라보는 그 순간, 그 사람은 이미 우리의 갈증을, 죽음과 신기루를 깡그리 지워버렸을 것이다. 그는 90도로 몸을 돌리기 시작했고, 그 행동은 이미 세상을 바꾸고 있다. 상반신의 움직임 하나만으로, 시선을 돌리는 것 하나만으로 그는 생명을 창조해내고, 나에게는 그 사람이 신처럼 보인다….

기적이다… 바다 위를 걷는 신처럼 그가 우리를 향해 모래 위로 걸어온다.

아랍인은 그저 우리를 바라보았다. 그러더니 손으로 우리 어깨를 지그시 눌렀고, 우리는 그에게 복종했다. 우리는 엎드렸다. 이곳에는 더 이상 인종도, 언어도, 분파도 없다… 그저 우리 어깨에 대천사의 손을 얹은 이 가난한 유목민만이 있다.

우리는 모래에 이마를 댄 채 기다렸다. 그리고 이제는 송아지마냥 바닥에 배를 깐 채 물통에 머리를 박고 물을 마시고 있다. 베두인족 남자는 걱정이 되어 매번 우리를 붙들어 저지한다. 하지만 그 사람이 놓아줄 때마다 우리는 얼굴을 물속에 처박았다.

물!

물, 너는 맛도 색깔도 향도 없고, 우리는 너를 정의내릴 수도 없다. 우리는 너를 알지 못하면서 너를 맛본다. 너는 단순히 생명에 필요한 존재가 아니다. 너는 생명 그 자체다. 우리 몸속으로 파고들어 감각으로는 도무지 설명할 수 없는 기쁨을 선사하는 너. 너와 더불어 우리 속으로 우리가 이미 포기했던 힘이 들어온다. 심장에서 고갈되었던 모든 샘물이 너의 축복으로 우리 안에서 다시 샘솟는다.

대지의 뱃속에서 그토록 순수한 너는 세상에서 가장 큰 풍요로움이자 동시에 가장 섬세한 풍요로움이다. 우리는 마그네슘을 함유한 샘물 앞에서 죽을 수 있다. 짠물 호수에서 두 걸음 떨어진 곳에서 죽을 수도 있다. 떠다니는 약간의 소금을 함유한 이슬을 2리터나 마시고도 죽을 수 있다. 너는 혼합을 결코 용납하지 않는다. 너는 변질을 견디지 못한다. 너는 까다로운 신이다….

하지만 너는 무한히 단순한 행복을 우리 마음에 퍼뜨린다.

우리를 구해준 리비아의 베두인족 남자여, 그대는 나의 기억에서 결코 지워지지 않을 것이다. 그대의 얼굴을 나는 절대로 기억하지 못할 것이다. 그대는 '인간'이며, 모든 인간의 얼굴을 띤 채 나에게 떠오른다. 그대는 우리 얼굴을 똑바로 쳐다보지 않고서도 이미 우리를 알아보았다. 그대는 사랑하는 형제다. 그리고 이제는 내가, 모든 사람에게서 그대 모습을 알아보리라.

그대는 고귀함과 온정이 충만한 존재로, 마실 것을 줄 권능이 있는 귀족의 모습으로 내게 기억된다. 그대 안에 존재하는 나의 모든 친구들, 나의 모든 적들이 나를 향해 걸어오고, 이제 내게는 이 세상에 적이 단 한 사람도 없다.

제8장

인간

*

1

　다시 한 번, 나는 이해하지 못했었던 진리에 가까이 다가갔다. 가망이 없는 줄 알았고 절망의 밑바닥이라고 믿었다. 그리고 포기를 인정하니 마음이 편안해졌다. 그러한 순간에 사람은 스스로를 발견하고 자신의 친구가 되는 것 같다. 자신도 몰랐던 어떤 본질적 욕구를 채운다는 충만감보다 더 중요한 것은 없을 것이다. 나는 바람을 가르고 다니느라 지칠 대로 지쳤던 보나푸가 그러한 평온을 느꼈을 것이라고 상상한다. 기요메도 눈 속에서 그랬을 것이다. 나 역시, 목덜미까지 모래에 파묻혀 갈증으로 서서히 죽어가면서, 별로 된 외투 아래에서 심장이 그토록 따뜻해져온 일을 어떻게 잊을 수 있겠는가?

어떻게 하면 우리 안의 이러한 해방감을 더욱 잘 느낄 수 있을까? 우리는 인간에게는 모든 것이 역설적이라는 사실을 잘 안다. 창조할 수 있도록 빵을 보장받은 사람은 금세 잠이 들고 만다. 승리한 정복자는 이내 우유부단해지고, 관대한 이에게 돈을 많이 주면 곧 인색해지는 법이다. 소위 인간을 활짝 꽃피운다는 정치 교의도, 만일 그 교의로 어떤 종류의 인간이 피어날지 모른다면 무슨 소용이 있겠는가? 어떤 사람이 탄생할 것인가? 우리는 사료를 먹는 가축이 아니다. 가난한 파스칼의 출현이 이름 모를 부자가 여럿 생겨나는 것보다 더 가치 있다.

본질적인 것은 예견할 수 없는 법이다. 우리들 저마다는 예상치 못했던 곳에서 더없는 환희를 맛본 적이 있다. 이러한 환희가 남긴 향수는 너무도 강렬해서,

고난 때문에 그 환희를 맛볼 수 있었다면 우리는 그 고난마저도 그리워한다. 우리 모두는 동료들과 재회했을 때 고난이 선사하는 환희를 맛본 적이 있다.

미지의 상황이 우리를 풍요롭게 만든다는 사실 이외에 우리가 아는 게 무엇인가? 인간의 진리는 대체 어디에 있는가?

진리란 증명되는 그 무엇이 아니다. 다른 땅이 아닌 바로 이 땅에서 오렌지 나무가 뿌리를 굳게 내리고 열매를 잔뜩 맺는다면, 그 땅이 바로 오렌지 나무의 진리다. 다른 것이 아닌 바로 이 종교, 이 문화, 이 가치체계, 이런 활동을 통해 인간이 충만해지고 인간 스스로 깨닫지 못하던 내면의 위대한 존재가 해방된다면, 바로 그 가치체계, 그런 활동이 그 사람의 진리다. 논리? 논리야 자기 나름대로 삶에 대해 설명해보라지.

이 책을 쓰는 내내 나는, 절대적 소명에 순응하여 어떤 이들이 수도원을 택하듯 사막이나 항로를 택한 몇 사람에 대해 이야기했다. 하지만 이들을 찬양하도록 권하는 것처럼 보였다면 그건 내 의도가 잘못 전달

된 것이다. 무엇보다 감탄해야 할 것은 그들에게 터전을 마련해준 대지이기 때문이다.

직업이라는 소명은 분명히 어떤 역할을 해준다. 어떤 이들은 자신의 가게에 틀어박혀 지낸다. 반면에 다른 이들은 자신의 길로 결연히 나아간다. 이런 사람들의 어린 시절 이야기histoire 속에서 우리는 그들의 일생을 설명해줄 싹을 찾아내곤 한다. 하지만 나중에 읽은 역사Histoire는 착각을 불러일으킨다. 사실 이러한 충동은 우리들의 마음속에서도 찾아볼 수 있다. 엄청난 재난이 생기거나 화재가 난 어느 날 밤, 평소의 자신을 초월한 면모를 드러낸 상점 주인들에 대한 이야기를 우리는 모두 한 번쯤 들어본 적이 있다. 그들은 그날 자신이 얼마나 온전히 자기를 실현해냈는지 잘 인식한다. 그리고 그 화재는 그들에게 일생일대의 밤으로 남을 것이다. 하지만 다른 기회가 주어지지 않아서, 좋은 토양이 마련되지 않아서, 독실한 신앙을 지니지 못한 탓에 그들은 자신의 위대함을 믿지 못하고 다시 잠들어버린다. 분명히 소명은 인간이 스스로를 해방하도록 도와준다. 하지만 이에 못지않게 소명 자체를 해방시켜줄 필요도 있는 것이다.

하늘에서 보내는 밤, 사막에서 보내는 밤… 이런 것들은 아무에게나 주어지지 않는 드문 기회다. 그래도 사람들에게 어떤 상황이 생기면 그들은 모두 비슷한 욕망을 드러낸다. 나는 스페인에서 어느 밤을 보내면서 이 주제에 대해 깨달음을 얻은 적이 있는데, 여기에서 이 이야기를 한다 해도 크게 주제에서 벗어나는 일은 아니리라. 이제껏 몇몇 특정한 사람들에 대해 이야기했는데, 이제는 모든 이들에 대해 이야기하고 싶다.

내가 특파원으로 방문했던 마드리드 전선에서 있었던 일이다. 그날 저녁, 나는 지하 참호에서 한 젊은 대위와 저녁 식사를 했다.

2

우리가 이야기를 나누고 있는데 전화가 왔다. 긴 통화가 이어졌다. 사령부에서 국지 공격을 지시하는 것으로, 이곳 노동자 거주 지역에서 시멘트 요새로 변용하여 쓰던 건물 몇 채를 제거하라는 터무니없고 절망적인 공격 명령이었다. 대위는 어깨를 으쓱해 보이더니 우리에게 돌아와서 말한다. "우리 중 선공에 나설 사람들은…" 그러더니 그 자리에 있던 중사와 내게 코냑 두 잔을 내민다. 그리고 중사에게 말한다.

"자네는 나와 함께 제일 먼저 나가네. 이거 마시고 가서 자게."

중사는 자러 갔다. 식탁 주위로 10여 명이 밤샘을 하고 있다. 빛이 새어나가지 않도록 틈새를 모조리 메운 이 방의 빛이 너무도 강렬해서 나는 눈을 깜빡인다. 5분 전에 총구멍을 통해 밖을 내다보았다. 구멍을 막아둔 천을 빼자 신비로운 빛을 퍼뜨리는 달빛 아래로 유령의 집 같은 폐허가 보였다. 구멍에 천을 다시 꽂을 때에는 마치 한 줄기 기름 같은 달빛을 훔쳐내는 것 같았다. 지금도 그 청록색 요새들이 내 눈에 선하다.

그 군인들은 분명 되돌아오지 못하리라. 하지만 그들은 조심스레 침묵한다. 이 공격은 명령에 따른 것이다. 사람 창고에서 이들을 퍼내는 것이며, 곡식 창고를 뒤져 파종할 씨를 한 움큼 흩뿌리는 것이다.

우리는 코냑을 마신다. 오른쪽에서 체스 판이 벌어지고 있다. 왼쪽에 있는 사람들은 농담을 한다. 나는 지금 어디에 있는가? 만취한 남자 하나가 들어선다. 그는 덥수룩한 턱수염을 매만지며 부드러운 눈빛으로 우리를 둘러본다. 그의 시선이 코냑 위로 지나쳐갔다가, 코냑으로 되돌아온다. 대위가 나직이 웃는다. 그 남자도 희망에 차서 웃는다. 이를 보던 사람들 역시 가볍게 웃는다. 대위는 코냑 병을 가만히 뒤로 치우고 그 남자는 실망한 눈빛을 해 보인다. 이렇게 유치한 장난이 시작되고, 짙은 담배연기와 뜬눈으로 지새우는 밤의 피로, 곧 다가올 공격의 영상 틈새로 꿈을 닮은 무언의 발레가 펼쳐진다.

바깥에서는 거친 파도 소리 같은 폭발음이 거세지는 가운데, 우리는 따뜻한 배의 선창에 틀어박혀 장난을 친다.

이 사람들은 이제 곧, 전쟁의 밤이라는 축제의 물속에서 자신의 땀과 술, 기다림이라는 때를 말끔히 벗을 것이다. 나는 그들이 이제 곧 정화될 것임을 느낀다. 하지만 그들은 주정뱅이와 술병의 발레를 출 수 있을 때까지 계속 춘다. 가능한 한 오래도록 체스를 둔다. 그들은 할 수 있는 한 삶을 연장한다. 하지만 선반 위에는 자명

종을 맞추어두었다. 그러니 종은 울릴 것이다. 그러면 이들은 일어나서 기지개를 켜고 허리띠를 맬 것이다. 때가 되면 대위는 자신의 권총을 들 것이고, 주정뱅이는 술에서 깨어날 것이다. 그리고 이들은 서두르는 일 없이 완만한 오르막길 통로를 따라 달빛이 비추는 푸른 사각형 출구까지 올라갈 것이다. 그들은 "참 대단한 공격이군…" 또는 "날이 춥네!" 따위의 간단한 몇 마디를 할 것이다. 그런 후 뛰어들 것이다.

때가 되었다. 나는 중사를 깨우는 모습을 지켜본다. 그는 지하 창고의 잡동사니 사이에 놓인 철제 침대에 누워 자고 있다. 나는 그가 자는 모습을 바라본다. 그는 괴로움 없는 진정 행복한 잠의 맛을 아는 것처럼 보인다. 그 모습을 보니, 내가 프레보와 함께 추락하여 물 한 모금 못 먹고 죽을 뻔했던 리비아의 첫날이 떠올랐다. 그날 우리는 극심한 갈증을 느끼기 전에 단 한 번 두 시간 동안 잠을 잘 수 있었다. 그때 잠이 들면서 나는 현실 세계를 거부하는 놀라운 능력이 생긴 느낌이었다. 아직은 나를 가만히 내버려두는 육신의 주인으로서 내가 일단 두 팔에 얼굴을 묻자, 그 밤은 여느 행복한 밤과 전혀 다를 바 없었던 것이다.

그처럼 중사도 인간의 형체가 아닌 듯 몸을 둥그렇게 말고 휴식을 취하고 있었다. 그를 깨우러 온 사람들이 촛불을 켜서 병 주둥이에 꽂았을 때, 중사의 둔중한 형체에서 군화 말고는 아무것도 똑똑히 구분할 수 없었다. 날품팔이 노동자 또는 하역 인부가 신을 법한, 못과 징이 박힌 엄청나게 큰 군화였다.

이 남자는 작업화를 신고 있었고, 몸에는 탄약통, 권총, 가죽 멜빵, 허리띠뿐이었다. 그야말로 짐 없는 안장, 목줄 등 수레를 끄는 말이 온갖 마구馬具를 차고 있는 꼴이었다. 모로코의 지하 창고 안에서는 눈먼 말들이 연자매를 끈다. 이곳 흔들리는 불그스름한 촛불 속에서, 우리도 맷돌을 끌게 하려고 눈먼 말을 깨우고 있었다.

"어이! 중사!"

중사는 천천히 뒤척이며 알아들을 수 없는 말을 웅얼거렸다. 하지만 그는 잠에서 깨고 싶지 않았다. 그래서 마치 어머니 뱃속의 평화 속으로, 깊은 물속으로 뛰어들며 검은 해초를 놓치지 않으려는 듯 두 주먹을 폈다 쥐었다 하면서 다시 벽으로 몸을 돌렸다. 누군가 그의 손가락을 펴주어야 했다. 우리는 그의 침대에 걸터앉았고, 우리 중 한 사람이 중사의 목덜미 뒤로 자기 팔을 부드럽게 넣어 미소를 지으며 그 무거운 머리를 들어올렸다. 따뜻한 축사 안에서 서로 목덜미를 비벼대는 말들의 부드러움이었다. "어이! 동료!" 나는 살면서 이보다 더 다정한 장면을 본 적이 없었다. 중사는 다이너마이트와 피로, 싸늘한 밤으로 이루어진 이 세상을 거부하고 행복한 꿈속으로 되돌아가려고 마지막 안간힘을 쓴다. 하지만 이미 늦었다. 바깥에서 무언가가 이미 그를 압도해오고 있었다. 벌받는 아이는 일요일이면 학교 종소리를 듣고 이렇게 천천히 잠에서 깬다. 그 아이는 책상, 칠판, 벌 따위는 잊어버린 채 들판에서 노는 꿈을 꾸고 있었다. 하지만 소용없는 일이다. 종은 계속 울려서 아이를 인간세상의 부당함 속으로 가차 없이 되돌려놓는다. 이 아이와 마찬가지로 중사는 피로로 지친 이 육신을 서서히 인식하기 시작한다. 자신이 원치 않는 이 육신, 깨어나면 느낄 추위 속에서 서글픈 관절의 통증과 마구의 무게, 힘겨운 행군, 그리고 죽음을 맛보게 될 이 육신을 말이다. 아니, 죽음보다는 다시 일어서기 위해 짚어야 할 끈적끈적한 피며, 고통스러운 호흡, 주변에 얼어붙은 빙판을 알아가게 될 것이다. 그러니까 죽음보다 죽어가는 불편함을 맛보는 것이다. 나는 중사를 바라보며, 내가 사막에서 깨어났을 때 느낀 그 침통함, 다시 타오르는 갈증, 태양, 모래, 다시 삶의 주도권을 쥐는 일, 우리가 선택하지 않은 그 꿈에 대한 생각에 잠겼다.

하지만 중사는 이제 일어나서 우리 눈을 똑바로 바라보고 있다.

"시간 됐습니까?"

바로 인간이 나타나는 순간이다. 이때 논리에 근거한 예측이 어긋난다. 중사가 미소를 짓는 것이 아닌가! 대체 어떻게 미소를 지을 마음이 드는 걸까? 파리에서 메르모즈와 내가 친구 몇 명과 누구 생일이었는지는 모르겠지만 어쨌거나 밤새 축하 파티를 한 후, 이른 아침에 어느 바의 문턱에 서 있었다. 우리는 너무 많이 말하고 너무 많이 마셔댔다는 사실에, 그리고 불필요하게 지쳐 있다는 사실에 역겨움을 느끼고 있었다.

이때 하늘이 밝아오는 것을 보면서 메르모즈가 갑자기 내 팔을 붙들었는데, 어찌나 힘을 주었는지 그의 손톱이 내 살을 파고드는 게 느껴졌다. "이봐, 다카르에서는 지금…" 정비사들이 눈을 부비며 프로펠러에서 덮개를 벗기는 시각, 조종사들이 일기예보를 살펴보고 대지가 조종사 동료들로 가득할 시각이었다. 벌써 하늘은 물들어오고 있었고, 벌써부터 사람들은 우리가 아닌 다른 이들을 위해 잔치를 준비하고 있었으며, 우리가 참석하지 않을 향연을 위해 식탁보를 깔고 있었다. 그리고 또 다른 이들은 위험을 무릅쓰고 있었다….

"여긴 참으로 더럽군…" 하더니 메르모즈가 입을 다물었다.

그렇다면 중사여, 그대는 죽을 만한 가치가 있는 어떤 향연에 초대받았는가?

나는 그대의 고백을 들은 적이 있다. 그대는 내게 자기 이야기를 해주었지. 바르셀로나 어딘가에서 평범한 회계사였던 그대는 조국의 분열 따위에는 신경 쓰지 않고 그저 숫자를 늘어놓고 있었다. 하지만 한 동료가 입대하고 두 번째, 세 번째 동료가 입대를 하자, 그대는 놀라운 변화를 겪었다. 자신의 직업이 하찮게 느껴지기 시작한 것이다. 그대의 즐거움, 근심, 사소한 안락함, 이 모든 것들은 이미 다른 시대의 것이 되어버렸다. 이제 그런 것들은 전혀 중요하지 않게 되었다. 그러다 친구 중 하나가 말라가* 쪽에서 전사했다는 소식이 들린다. 네가 복수를 해줄 만한 그런 친구는 아니었다. 또 정치 문제에 그대의 마음이 동요된 적도 없었다. 하지만 이 소식이 마치 바닷바람 한 줄기가 불어오듯 당신들 위로, 당신네 그 협소한 운명 위로 지나간다. 그날 아침, 한 동료가 그대를 쳐다보았다.

"우리 갈까?"

"가자."

그리고 그대들은 그곳으로 '갔다.'

그대가 말로 표현하지는 못했지만 그 명백함에 굴복할 수밖에 없었던 진리를 납득할 수 있게 해줄 몇몇 영상이 떠올랐다.

들오리가 이동 시기를 맞아 어떤 지역을 지나갈 때

* 말라가Malaga. 스페인 남부 지중해 연안의 항구 도시.

면 그 아래쪽에서 기묘한 물결이 일곤 한다. 집오리들이 그 거대한 세모꼴 비행에 이끌리기라도 하듯 어설프게 뛰어오르기 시작하는 것이다. 야생의 부름이 집오리들 속에 남아 있던 야생의 흔적을 일깨우는 것이다. 그리하여 농장의 오리들이 아주 짧은 순간 철새로 둔갑한다. 연못과 지렁이와 사육장의 소박한 영상이 떠돌던 그 작고 단단한 머리통 속에서는 너른 대륙이며 먼 바닷바람의 맛, 바다의 지형이 펼쳐지기 시작한다. 자신의 뇌가 그토록 많은 멋진 것들을 담을 수 있을 만큼 광활하다는 사실을 이제껏 모르고 있던 해군 대장은 갑자기 곡식 낟알과 지렁이를 무시하고 날개를 퍼덕이며 들오리가 되고 싶어 한다.

나는 쥐비에서 가젤을 길렀는데, 그 일도 떠오른다. 우리는 모두 그곳에서 가젤을 길렀다. 탁 트인 곳에 친 철망 울타리 안에 가젤들을 가두어놓았는데, 이건 가젤이 불어오는 바람을 필요로 하는 더없이 연약한 동물이기 때문이다. 어릴 때 잡힌 가젤은 사람 손의 풀을 뜯어 먹는다. 우리가 쓰다듬어도 가만히 있고 자신의 축축한 주둥이를 손바닥에 쑤셔 박는다. 그러면 우리는 가젤들이 길들여졌다고 믿는다. 숨통을 소리 없이 끊어버리고 천천히 죽음으로 내모는 알 수 없는 슬픔으로부터 가젤을 구해냈다고 믿는다… 하지만 어느 날, 여러분은 사막을 향해 서서 자신의 작은 뿔로 울타리를 밀어붙이는 가젤의 모습을 보게 될 것이다. 가젤은 자기장을 띤다. 가젤은 자신이 여러분에게서 도망친다는 사실을 알지 못한다. 가젤은 당신이 가져다주는 우유를 선선히 마신다. 쓰다듬어주면 여전히 가만히 있으며, 당신의 손바닥에 자기 주둥이를 더욱 부드럽게 밀어 넣는다… 하지만 사람의 손아귀를 벗어나기만 하면, 가젤은 경중경중 뛰어 다시 울타리 앞으로 간다. 당신이 그냥 내버려두면, 가젤은 울타리에 맞서 싸울 시도도 해보지 않고 그저 거기에서 목덜미를 수그린 채 그 작은 뿔로 울타리를 꾹 밀어붙이고만 있다. 목숨이 다할 때까지 말이다. 사랑의 계절인가? 아니면 그저 숨이 차도록 힘껏 달리고자 하는 단순한 욕구인가? 가젤도 그건 모른다. 누군가 여러분에게 가젤을 잡아다주었을 때, 가젤은 아직 눈을 뜨지도 않았다. 가젤은 모래에서 만끽하는 자유에 대해서나 수컷의 냄새에 대해 전혀 모른다. 하지만 여러분은 가젤보다 훨씬 더 똑똑하다. 가젤이 무엇을 갈구하는지 당신은 안다. 그건 가젤을 실현시켜줄 너른 공간이다. 가젤은 가젤로서 자신의 춤을 추고자 하는 것이다. 시속 130킬로미터로 직선을 그리며 달리는 도주며, 여기저기 모래에서 불길이 치솟기라도 하듯 불쑥 튕겨 오르는 일을 해보고자 한다. 가젤의 진리가 두려움을 맛보는 것이라면, 자칼 따위는 문제가 아니다. 오로지 두려움만이 가젤로 하여금 평소 능력을 뛰어넘어 더없이 멋진 곡예를 펼칠 수 있도록 해주니까! 사자 따위는 문제가 아니다. 태양 아래에서 발톱에 할퀴어 배를 갈리는 것이 가젤의 진리라면 말이다! 여러분은 가젤을 바라보며 가젤이 향수에 사로잡혔다고 상상한다. 향수란 우리도 모를 욕망이다… 욕망의 대상은 존재하지만, 이를 지칭할 말은 존재하지 않는다.

그렇다면 우리는, 우리는 대체 무엇을 그리워하는가?

중사여, 그대는 이곳에서 무엇을 찾았나? 자신의 운명을 배신하지 않는다는 느낌을 주는 그 무엇을 찾아냈나? 그대의 잠든 머리를 받쳐주는 형제의 그 팔이었을 까, 동정이 아닌 나눔에서 나오는 그 부드러운 미소였 을까? "어이! 동료…" 동정하는 것은 아직 둘이라는 뜻이다. 아직 분리되어 있다는 뜻이다. 하지만 감사나 연민이 그 의미를 잃는 관계가 존재한다. 그 경지에 이 르면 우리는 해방된 포로처럼 숨 쉬게 된다.

　아직 불복종 지역이던 리오 데 오로를 비행기 두 대 가 한 조를 이루어 지나갈 때, 이러한 연대를 느껴본 적 있다. 나는 조난당한 사람이 자기를 구해준 사람에 게 감사하는 모습을 단 한 번도 본 적이 없다. 오히려 한 비행기에서 다른 비행기로 우편물 가방을 옮겨 신 는 피곤한 일을 하는 동안, 우리는 서로에게 욕을 지 껄이곤 했다. "못된 놈! 비행기가 고장 난 건 자네 탓 이라고. 역풍까지 불어오는데 2000에서 날자고 고집 을 피웠으니! 자네가 나를 좀 더 낮게 따라왔으면, 우 린 이미 포르테티엔에 가 있었을 거 아냐!" 그러면 자 기 목숨을 건 상대방은 못된 놈이 되어 부끄러워했다. 더구나 그에게 무엇에 대해 감사를 했겠는가? 그 사람 도 역시 우리 생명에 대한 권리를 지니고 있었다. 우리는 같은 나무의 가지들이었다. 그리고 나는 나를 구해준 그대가 너무도 자랑스러웠다!

중사여, 그대의 죽음을 준비해준 사람이 그대를 불쌍히 여길 이유가 어디에 있었겠는가? 그대들은 서로를 위해 그 위험을 무릅쓰는 것이었으니 말이다. 바로 그 순간 말이 필요 없는 일치를 느낀다. 나는 그대가 참전한 이유를 이해한다. 그대는 바르셀로나에서 가난했고, 하루 일과 후 혼자였을 것이며, 몸을 누일 휴식처조차 없었는데, 이곳에서는 자기 성취를 느끼며 보편적인 어떤 것에 합류한다. 바로 이곳에서, 천민인 그대가 사랑으로 받아들여진 것이다.

그대의 마음에 씨앗을 뿌렸을지 모르는 정치인들의 거창한 말들이 진실하였는지 아닌지, 논리적이었는지 아닌지를 알아내는 일 따위는 필요 없다. 그 말들이 싹을 틔우듯 그대의 마음을 사로잡았다면, 그건 그 말이 그대의 욕구에 들어맞았다는 말이다. 그대야말로 유일한 심판자다. 밀알을 알아보는 건 바로 토양이다.

3

우리는 우리를 넘어선 공동의 목적으로 형제들에게 연결되어 있을 때에야 비로소 숨을 쉰다. 경험에 따르면, 사랑한다는 것은 서로를 마주 바라보는 것이 아니라 함께 같은 방향을 바라보는 것이다. 같은 줄에 묶여 서로 만나게 될, 같은 정상으로 나아갈 때에만 그들은 동료다. 그렇지 않다면, 어째서 이 풍족한 시절에 마지막 남은 식량을 사막에서 나누어 먹으며 그토록 충만한 기쁨을 느낀단 말인가? 이에 반하는 사회학자들의 예측이 무슨 가치가 있단 말인가? 사하라 사막에서 구조되는 그 크나큰 기쁨을 누린 사람에게는 다른 모든 즐거움이 하찮게 보였다.

아마도 이런 이유로 오늘날 우리 주변의 세상이 무너져 내리기 시작하는 것 같다. 우리는 이러한 충만함을 약속하는 종교들에 열광한다. 우리는 서로 모순되는 말을 쓰지만 모두 같은 충동을 표현하고 있다. 방법론에 있어서만 갈릴 뿐, 목적에 있어서는 견해가 일치한다. 그 목적은 모두 똑같다.

그러니 놀라지 말자. 자기 안에 잠들어 있는 낯선 이의 존재를 눈치채지는 못했더라도, 무정부주의자의 지하 참호에서 희생, 협력, 정의에 대한 강직한 이미지로 인해 그 낯선 존재가 깨어나는 것을 한 번이라도 느낀 사람은 오직 단 하나의 진리만을 알게 될 것이다. 그건 바로 무정부주의자의 진리다. 스페인의 수도원에서 겁에 질려 무릎을 꿇고 있는 연약한 수녀들을 보호하려고 한 번이라도 보초를 서본 사람은 교회를 위해 죽을 수도 있을 것이다.

승리감에 찬 메르모즈가 안데스 산맥을 향해 갈 때, 당신이 그에게 그건 착각이고 상업 우편물은 목숨을 걸 만큼 중요한 게 아니라며 반대하고 나섰다면 메르모즈는 당신을 비웃었을 것이다. 진리란, 안데스 산맥을 통과하는 메르모즈의 마음속에서 탄생하는 바로 그것이다.

리프 전쟁* 당시, 두 반군 산악 지대 사이에 설치된 전초기지를 지휘하던 남부 전선의 한 프랑스 장교 이

---

* 리프 전쟁Rif war. 리프 부족들과 스페인 · 프랑스 군 사이에서 1921~26년에 벌어진 식민 전쟁.

야기다. 어느 날 저녁, 서부 산악 지대에서 내려온 리프 부족 대표사절단이 그 대위의 기지에 손님으로 와 있었다. 모두 예를 갖추어 차를 마시고 있는데 총격전이 벌어졌다. 동부 산악 지대 부족들이 기지를 공격해 온 것이다. 싸우려고 손님들을 내보내는 대위에게 적군 사절들이 말했다. "오늘 우리는 당신의 손님이오. 신은 우리가 당신을 저버리는 일을 용서하지 않을 것이오…" 그래서 그들은 대위의 부하들과 합세해 기지를 사수한 후, 절벽 위 자기네 요새로 돌아갔다.

하지만 어느 날, 그들은 대위의 기지를 공격할 준비를 하게 되었고 공격 전날 대위에게 사절을 보냈다.

"언젠가 밤에 우리가 당신을 도와주었지요…"

"그랬지요…"

"우리가 당신을 위해 실탄 300발을 써버렸소…"

"그랬지요."

"그걸 우리한테 돌려주는 게 도리겠지요."

고귀한 기품을 지닌 대위는 그 사람들의 고결함을 이용하여 득을 볼 수는 없었다. 그래서 상대방이 곧 자신을 향해 사용할 탄환을 적에게 되돌려주었다.

인간에게 진리란 그를 인간으로 만들어주는 바로 그 것이다. 이렇게 인간관계의 존엄, 공정한 승부, 목숨을 건 존중을 주고받는 경험을 한 사람은, 이러한 숭고한 순간을 선동가의 천박한 단순함과 비교하게 된다. 선동가는 위에 말한, 같은 아랍인들에게 동지 의식을 표시한답시고 어깨를 두드려대며 아첨과 동시에 모욕이 담긴 말을 건넸을 것이다. 만일 당신이 그 사람의 태도가 옳지 않다고 말을 하면, 그는 당신을 향해 경멸감 섞인 연민밖에 느끼지 않을 것이다. 그리고 결국 옳은 것은 그 사람이리라.

하지만 전쟁을 증오하는 당신 역시 옳으리라.

인간이 지닌 욕구를 이해하고 본질적인 것을 통해 그 인간을 알고자 한다면, 여러분 각자가 지닌 명백한 진리들을 서로 대립시켜서는 안 된다. 그렇다, 여러분은 옳다. 여러분은 모두 옳다. 논리가 모든 것을 증명해준다. 세상의 불행이 꼽추 때문이라고 주장하는 사람마저도 옳다. 그래서 꼽추에 대항해 전쟁을 선포한다면, 우리는 바로 열광하는 법을 배울 것이다. 그리고 꼽추들의 죄를 응징하리라. 꼽추들도 당연히 범죄를 저지르기는 하니까.

이 본질을 도출해내려면 이런저런 분열을 잠시 잊어야 한다. 분열을 일단 받아들이면, 요지부동의 원칙을 담은 『코란』과 같은 경전이 생겨나고 그로부터 광신이 비롯된다. 사람들을 우익과 좌익으로, 꼽추와 꼽추가 아닌 사람, 파시스트와 민주주의자로 구분할 수 있고, 이렇게 구분하는 일을 비난할 수는 없다. 하지만 여러분도 알다시피 진리란 세상을 단순하게 만들지 혼돈스럽게 만들지 않는다. 진리는 보편적인 것을 드러내는 언어다. 뉴턴은 수수께끼의 해답을 알아내듯 오랫동안 숨어 있던 법칙을 '발견한' 것이 결코 아니다. 그가 이루어낸 것은 어떤 창조 활동이다. 사과가 들판으로 떨어지는 것과 태양이 뜨는 것을 동시에 표현하는 인간의 언어를 확립해낸 것이다. 진리란 증명되는 그 무엇이 결코 아니라 단순명료하게 만드는 그 무엇이다.

이념에 대해 논하는 것이 무슨 소용인가? 모든 이념이 각기 증명된다 해도 여전히 서로 대립할 테니, 이러한 논의는 인류의 구원에 대해 절망하게 만들 뿐이다.

우리 주위 어디를 둘러봐도 인간이 표출하는 욕구는 똑같은데 말이다.

우리는 해방되고자 한다. 곡괭이질을 하는 사람은 자기 곡괭이질의 의미를 알고자 한다. 도형수가 하는 모욕적인 곡괭이질은, 개척자를 성장시키는 곡괭이질과는 전혀 다르다. 도형은 곡괭이질이 가해지는 바로 그곳에 있는 것이 아니며, 연장에 대한 혐오에서 비롯되는 것도 아니다. 도형은 아무런 의미가 없는 곡괭이질, 그를 인간 공동체와 연결해주지 못하는 곡괭이질을 하는 바로 그 지점에 존재한다.

그리고 우리는 이 도형장에서 도망치고자 한다.

유럽에는 삶의 의미를 모르고 살아가면서 새로 탄생하기를 염원하는 사람이 2억 명이나 된다. 공업이 발전하면서 이들은 농부 혈통의 언어를 버릴 수밖에 없었고, 이내 시커먼 화물열차로 가득한 열차 정비소를 닮은 거대한 게토에 갇혀버렸다. 그들은 노동자 도시 밑바닥에서 지내며 깨어나기를 소망한다.

또 온갖 직업의 톱니바퀴에 물려 들어가 개척자의

기쁨, 종교적 기쁨, 학자의 기쁨을 전혀 누리지 못하는 이들도 있다. 사람들은 옷을 입혀주고 먹을 것을 주고 기본적 욕구를 충족시켜주기만 하면 그들이 성장할 거라고 믿었다. 그러면서 그 사람들의 마음속에 차츰 쿠르틀린*의 소시민을, 시골 동네 정치가를, 내적 삶과는 담을 쌓은 기술자를 키워냈다. 그들을 교육시킨다지만 더 이상 교양을 가르치지는 않는다. 공식을 암기하는 일에 교양이 달려 있다고 믿는 사람은 교양을 하찮게 여기게 된다. 수학특별반에서 성적이 나쁜 학생도 자연이나 자연의 법칙에 대해서는 데카르트나 파스칼보다 더 많이 아는 법이다. 그렇다면 그 학생이 인간정신에 대해서도 같은 능력을 보일까?

사람은 모두 막연하게나마 새로 태어나고자 하는 욕구를 느낀다. 하지만 이를 위한다는 일부 해결책은 사람을 호도한다. 인간에게 제복을 입히면 확실히 활기를 띠기는 할 것이다. 그러면 그들은 전쟁찬가를 부르

---

*조르주 쿠르틀린Georges Courteline. 1858~1929. 프랑스 작가이자 극작가. 동시대 소시민 계급의 모습을 유머러스하게 그려냈다.

고 동료들과 빵을 쪼개 먹을 것이다. 그들은 자기가 찾아 헤매던 것, 즉 보편적인 것의 맛을 발견할 것이다. 하지만 주어진 빵을 먹은 그들은 죽을 것이다.

또 땅에서 나무로 된 우상을 파내어 오래된 신화들을 되살릴 수도 있다. 범게르만주의나 로마제국의 절대 숭배 사상을 부활시킬 수도 있다. 베토벤의 동족이며 독일인이라는 자부심을 내세워서 독일인들을 도취시킬 수도 있다. 선박의 화부에 이르기까지 모든 독일인을 취하게 할 수 있다. 이 일이, 선박의 화부를 베토벤과 같은 사람으로 키워내는 일보다는 확실히 더 쉬우니까.

하지만 이러한 우상은 사람을 잡아먹는 식인 우상이다. 지식의 진보나 질병의 치료를 위해 죽는 사람은 생명을 섬기며 죽어간다. 영토의 확장을 위해 죽는 것은 아름다운 일일지는 모르지만, 오늘날의 전쟁은 자기가 살린다고 주장하는 것들을 실제로는 파괴한다. 오늘날의 상황은 종족 전체를 살리려고 약간의 피를 희생하는 수준이 아니다. 비행기와 이페리트 독가스를 사용하기 시작하면서, 이제 전쟁은 피가 홍건한 외과수술이 되어버렸다. 양편이 모두 시멘트벽 뒤에 숨은 채, 매일 밤 전투비행 중대를 보내 적진 깊숙한 곳에 포탄을 쏴 핵심 기관들을 폭파시킨다. 거기에서 승리는 보다 늦게 썩을 사람의 것이다. 그러면서 두 적수는 함께 썩어간다.

사막이 되어버린 이 세상에서 우리는 동료들을 되찾는 데 목이 말라 있었다. 동료끼리 쪼개 먹는 빵의 맛 때문에 전쟁의 가치를 받아들였다. 하지만 같은 목적을 향해 가며 옆 사람 어깨의 따스함을 깨닫기 위해서 굳이 전쟁까지 벌일 필요는 없다. 전쟁은 우리를 속인다. 증오는 삶이라는 경주를 고귀하게 만드는 데에 아무런 보탬이 되지 않는다.

어째서 우리가 서로를 증오해야 하는가? 우리는 지구라는 한배를 탄 선원으로 굳게 맺어진 사이인데. 문명들이 새로운 합습을 이루기 위해 서로 대립하는 것은 바람직한 일이겠지만, 게걸스럽게 서로를 먹어치우는 일은 흉측한 일이다.

우리가 스스로를 해방시키기 위해서는 우리를 연결

해주는 하나의 목적을 인식하도록 서로 돕기만 하면 된다. 차라리 서로를 하나로 묶어주는 바로 그 지점에서 공동의 목적을 추구해보면 어떨까. 환자를 왕진하는 외과의사는 단순히 그 환자의 불평을 들어주는 것이 아니다. 의사는 자신이 진찰하는 사람을 통해서 인간을 치유하려 한다. 외과의사는 보편적인 언어를 말한다. 물리학자가 원자와 성운을 동시에 파악하도록 해주는 신의 경지에 가까운 방정식에 대해 생각할 때에도 마찬가지다. 소박한 목동의 경우도 그렇다. 별 아래에서 조촐히 양 몇 마리를 지키는 이 목동이 만일 자신의 역할을 자각하게 되면, 자신이 하인 이상의 존재라는 사실을 깨닫게 될 테니까. 그는 파수병이다. 그리고 파수병 한 사람 한 사람은 제국 전체를 책임진다.

여러분은 이 목동이 자기 역할을 자각하길 원치 않는다고 믿는가? 나는 마드리드 전선 참호에서 500미터 떨어진 곳, 언덕 위의 작은 돌 벽 뒤에 위치한 학교를 방문한 적이 있다. 어떤 하사가 거기에서 식물학을 가르치고 있었다. 그는 개양귀비 한 송이의 여린 기관들을 손으로 가리켜 보이며, 포탄이 쏟아지는데도 불구하고 하사를 향해 순례에 나선 턱수염 난 순례자들을 자기 주위로 끌어 모았다. 그들은 하사의 주변에 정자세로 앉아 주먹으로 턱을 괸 채 하사의 이야기를 들었다. 눈썹을 찌푸리고 이를 악문 그들은 수업 내용을 제대로 이해하지는 못했다. 하지만 누군가 그들에게 "당신들은 원시인이오, 이제 막 굴에서 나왔을 뿐이지만, 이제 인류를 따라잡아야지요!"라고 말했고, 그들은 인류에 합류하려고 무거운 발걸음을 서둘렀다.

아무리 미미한 역할이라도 그것에 대해 자각하게 될 때, 바로 그때에만 우리는 행복해진다. 바로 그때에만 우리는 평화롭게 살고 평화롭게 죽을 것이다. 왜냐하면 삶에 의미를 부여하는 것이 죽음에도 의미를 부여하기 때문이다.

순리를 따르는 죽음은 참으로 감미롭다. 프로방스 지방의 나이든 농부가 자신의 치세를 마치고 염소와 올리브나무를 아들들에게 물려주고, 그 아들들이 훗

날 그것을 아들들의 아들들에게로 전달하는 것처럼 말이다. 농부의 혈통을 지닌 이는 오로지 절반만 죽는다. 그들 모두는 때가 오면 콩깍지처럼 벌어져 자신의 씨앗을 내준다.

나는 언젠가 세 명의 농부 곁에서 그들 모친의 임종을 지켜본 적이 있다. 물론 그건 고통스러운 일이었다. 탯줄이 두 번째로 잘려나갔으니까. 한 세대를 다른 세대로 잇는 매듭이 두 번째로 풀리고 있었으니까. 세 아들들은 명절에 함께 둘러앉을 가족 식탁을 빼앗기고, 온 식구를 한자리에 불러 모으는 중심을 빼앗긴 채, 홀로 남아 모든 것을 새로 배워가야 하는 것이다. 하지만 나는 이러한 결별을 통해서 두 번째 삶이 주어질 수 있음을 깨달았다. 그 아들들은 이제 스스로 모임의 구심점이자 가장이 되어 행렬의 선두에 설 것이다. 지금 안뜰에서 뛰어노는 후손들에게 지휘권을 넘겨줄 때까지.

나는 그들의 어머니를 바라보았다. 입술을 꾹 다문 채 돌 가면으로 변해버린 평온하고 굳은 얼굴을 한 그 나이든 농부 여인을. 거기에서 아들들의 얼굴이 엿보였다. 그 가면은 자식들의 얼굴을 찍어내는 데 쓰였다.